마보로시

maboroshi

maboroshi

ⓒMari Okada/maboroshi Project 2023
First published in Japan in 2023 by KADOKAWA CORPORATION, Tokyo.
Korean translation rights arranged with KADOKAWA CORPORATION, Tokyo.
ean translation rights arranged with KADOKAWA CORPORATION, Tokyo.

일러두기

본문의 등장인물명, 지역명, 일부 용어는 애니메이션을 따라 표기했습니다.

마보로시

maboroshi

오카다 마리 지음 · 민경욱 옮김

대원씨아이

미후세에서 사는 사람들은 대부분 제철소에서 일한다.

기쿠이리 마사무네의 아버지도, 할아버지도, 삼촌까지, 하나도 빠짐없이 그랬다. 어지간히 강한 의지를 품지 않는 한, 틀림없이 마사무네도 그랬을 것이다.

척박한 이 땅에 신미후세제철이 들어선 것은, 아직 할아버지가 젊었을 때였다. 덕분에 다른 지역 사람들까지 몰려들었으나 아무리 번성해도 작업원들을 상대하는 술집만 새로 생길 뿐, 어린이를 위한 오락시설이 전혀 없어서 어딘가 쓸쓸한 기운은 남아 있었다. 그러나 미후세에서 태어나기만 하면 꽤 안정적인 일자리가 절로 생기는 데다 살림살이도 그런대로 윤택했으므로 모든 주민은 발전성이라고는 전혀 없는 나름의 느긋함을 지니고 있었다.

제철소는, 한시도 쉴 새 없이 연기를 토해냈다.

안 그래도 뒤로는 산이 막고 있고 바다 쪽 전망도 만이 시야를 가려 통풍이 잘 안 되는 땅이었다. 중학생인 마사무네에게 제철소 연기는 이곳에서 태어나고 이곳에서 죽는, 미후세에서 인생을 시작하고 마감하는 사람들의 화장장 연기 같았다.

하지만 그날 밤 연기는 달랐다.

「아이디 잠자는 어린양 님. 입시 공부가 너무 싫어요. 죽고 싶다는 생각이 들어요.」

그날, 기쿠이리 마사무네는 친구들과 고등학교 입시 공부 중이었다.

고다쓰에 들어가 라디오를 틀어놓은 채 함께 공부하고 있었는데 통통하고 분위기를 잘 띄우는 사사쿠라만은 당당하게 만화를 읽고 있었다. "오늘을 살아, 이 순간을! 철학 비밀 에네르게이아를 먹어라!" 그는 소리치며 자신과는 정반대로 가냘프고 기가 약해 보이는 센바에게 몸을 던졌다.

"아! 아프다니까! 이제 공부 좀 해!"

틀어놓은 라디오에서는 높고 독특한 DJ의 목소리가 흘러나왔다.

「지금은 도망칠 데가 없는 느낌이에요. 되고 싶은 것도 없고 장래에 관심조차 없어요. 어디로 가든 캄캄한 어둠뿐이에요.」

"쓸데없는 내용인 걸 알면서 왜 라디오에 사연을 보내는데?" 나이 차가 많이 나는 형의 영향 탓인지 옷도 태도도 어른스러운 닛타가 비웃었다. "시험 정도로 죽네 사네, 한심해."

미후세에는 고등학교가 세 개 있다. 교복이 촌스러운 여학교와 역시 교복이 촌스러운 공고. 대학 진학을 꿈꾸는 학생들은 대개 일반고에 가는데, 미후세 밖으로 나가겠다는 생각만 없으면 입시 자체는 그리 어렵지 않다.

"닛타는 대학에 가는 거 아니야?"

"아직 결정 안 했어. 센바는?"

"나는, 아아, 어디든. 어차피 제철소에 가니까……."

"뭐야? 꿈이 없다는 거야?" 사사쿠라는 말도 안 된다는 듯 일부러 양팔을 크게 벌렸다.

"그럼, 사사쿠라는 꿈이 있어?"

"나? 나야 사가미 무츠미의 기둥서방!"

잠자코 있던 마사무네의 어깨가 흠칫 흔들렸다. 닛타는 다시 한심하다는 듯 콧방귀를 꼈다.

"어디가 좋냐? 평범하잖아."

"잘 넘어갈 것 같아서 좋아. 밀자, 밀어!" 사사쿠라는 무슨 일에든 바로 센바에게 손을 댄다. "아프다니까!"

다들 시시껄렁한 농담을 주고받는데 마사무네는 화가 난 옆얼굴만 보이고 있었다. 머리도 길어 중성적인 이미지의 마사무네는 무츠미 얘기만 나오면 눈빛이 사나워졌다.

무츠미는 닛타의 말처럼 눈에 띄는 점이 없는 여학생이었다. 다른 소녀들보다 살짝 키가 크고 코가 오뚝해서 외모가 나쁘지는 않은데 언제나 방실방실 웃으며 앞에 나서려 하지 않았다. 무츠미의 목소리를 머릿속에서 재생하면 "어머! 싫어." "진짜?" 정도이다. 다른 여학생들과 잔뜩 멋 부린 애니메이션 남자 캐릭터 그림을 보며 꺅꺅 소리 지르며 웃기도 하는데 그 목소리도 주위 여학생과 비교하면 조금 낮았다.

어쨌든 대놓고 미워할 요소가 없었는데도 마사무네는 그녀의 행동이 일일이 신경에 거슬렸다.

"뭐, 뭘 목표로 하든 소중한 건 하나! 우리는 모두 행복해지려고 살아가고 있으니까."

사사쿠라는 연기라도 하듯 떠들더니 고다쓰 위의 과자를 집어 상품 이름을 소리 높여 외쳤다.

"해피 턴!"

그리고 사사쿠라는 이 순간을 노렸다는 듯 부우웅, 힘껏 방귀를 뀌었다. 고다쓰 담요에 가려져 소리는 미미했지만.

"야!" 마사무네 일행은 일제히 소리치며 후다닥 담요 밖으로 빠져나왔다.

"아니, 왜! 고다쓰 안에서 방귀를 뀌면 어떻게?"

"앗, 주스 흘렸다!"

"장이 썩었어. 절임 냄새가 나."

마사무네가 방을 환기하려고 창문을 활짝 열었을 때 발밑이 흔들릴 정도의 충격이 찾아왔다. 격렬한 흔들림에 이어 뱃속을 관통하는 듯한 깊고 묵직한 폭발음이 이어졌다.

"어, 뭐지?"

"야, 저것 좀 봐?!"

고개를 드니 제철소 쪽이 검붉게 반짝이는 게 보였다. 공장이 불타올라 짙은 별하늘을 선명한 붉은색으로 물들였고 다음 순간 검은 연기가 차올라 급격하게 퍼지면서 칙칙한 어둠에 그라데이션을 만들고 있었다.

"화재야!"

"어, 야! 너희 아버지들, 괜찮을까!"

사사쿠라의 집은 가전제품 판매점을 하고 있으나 닛타와 센바의 아버지도 제철소에 근무했다. 그리고 마사무네의 아버지 아키무네는 아직 집에 돌아오지 않았다.

마사무네의 가슴이 쿵쿵 소리를 내며 얼어붙을 듯한 차가운

땀이 온몸에서 분출했다. 라디오는 이곳 상황을 전혀 고려하지 않고 계속 소리를 흘려보내고 있다.

「하지만 만약 고등학교에 붙으면 나, 바뀔 거야. 머리도 염색하고 동아리도 열심히 하고 일기도 매일 쓰고. 그러니까……」

"아아아아아앗?!"

제철소를 감싼 새빨간 불꽃은 순식간에 미후세의 하늘을 다 덮을 듯 거대해졌다. 불이 다른 곳으로 번졌는지 섬광이 번쩍여 마사무네와 친구들의 시야가 순간 새하얘졌다.

정신을 차려보니, 마사무네와 친구들은 고다쓰에 들어가 있었다.

주스는 쏟아지지 않고 고다쓰 위의 해피 턴도 손대지 않은 채 아직 그대로였다.

마사무네와 친구들은 손가락 하나 움직이지 않고 굳어 있었다. 무슨 일이 일어났는지 전혀 알 수 없으면서도 사실은 다 아는 듯한 느낌이 들었다. 이 상황에 대한 힌트를 찾기 위해서라도 지금 공기를 흔들고 싶지 않았다.

부엉이 벽시계의 추 움직이는 소리만이 째깍째깍 울려 시끄러웠다.

「지금은 도망칠 데가 없는 느낌이에요.」

마사무네와 친구들은 힐끔 눈길을 교환했다. 서로를 노려보는 듯도 하고 뭔가를 살피는 듯도 한 눈빛이었다. 라디오는 조금 전 내뱉었던 말을 다시 흘리고 있다.

「하지만 만약 고등학교에 붙으면 나, 바뀔 거야.」

　그 말을 신호로 마사무네와 친구들은 고개를 들고 방에서 뛰어나왔다.

　"마사무네!"

　마사무네와 친구들이 현관에서 허둥지둥 신발을 신고 있는데 거실에서 어머니 미사토가 나와 굳은 표정으로 물었다. "가니?" 미사토는 뭔가 아는 듯했다. 마사무네는 살짝 고개를 끄덕이고 현관 미닫이문을 덜커덩 열었다.

　마사무네와 친구들은 밖으로 한 걸음 내디딘 순간 경악했다.

　"균열이?"

　바닥에 떨어져 깨진 거울처럼 겨울의 밤하늘에 거대한 균열이 생겨 있었다.

　균열은 신경 긁는 듯한 소리를 내며, 투둑투둑, 넓어져 갔다. 그 틈에서 빛이 새어 나오는 모습은 너무나 무시무시했다.

　"아……."

　마사무네의 머릿속에 조금 전 라디오 소리가 계속 반복해 울렸다. 「하지만 만약 고등학교에 붙으면 나, 바뀔 거야. 머리도 염색하고 동아리도 열심히 하고 일기도 매일 쓰고. 그러니까⋯⋯」

거기까지 기억을 되짚던 마사무네가 중얼거렸다.

"그러니까, 신이시여, 제발요!"

다음 순간, 제철소에서 피어오른 연기가 꿈틀꿈틀 움직이더니 생물 같은 형태를 이루었다. 마치 용 같은, 아니, 아니다.

늑대야! 마사무네는 생각했다.

곤두선 털 같은 연기의 질감과 무리를 지어 하늘을 가르는 그 모습. 바람을 가르는 소리가 아우, 하고 울부짖는 소리처럼 들렸다.

"?!"

늑대 무리는 상공에서 휙 방향을 바꿔 엄청난 속도로 하강하기 시작했다. 그중 한 마리가 이빨을 드러내며 마사무네와 친구들에게 달려들었다.

"으아아아악!"

연기 늑대는 마사무네와 친구들을 스치듯 지나갔다. 머리와 옷을 다 날려버릴 듯한 무지막지한 바람의 압력에 마사무네와 친구들은 구르듯 몸을 웅크렸다.

"아!"

늑대 무리는 궤적을 발견한 듯 사방팔방으로 흩어지더니 하늘 여기저기서 발생한 균열을 향해 이번에는 급상승했다.

연기는 균열을 물은 후 물어뜯는 대신 그 틈으로 몸을 숨겼다. 그러자 퍼티로 메우듯 균열은 복원되어 순식간에 사라졌다. 동시에 연기 늑대도 흩어져 주위에는 다시 칠흑 같은 어둠이 찾아왔다.

마사무네는 생각했다. 뭐가 뭔지 하나도 모르겠지만, 딱 하나만은 확실했다.

신은, 우리 기도를 들어주지 않았다.

- | -

최근 마사무네의 주위에서는 '기절 놀이'가 유행하고 있다.

일단 준비 단계에서 그 자리에 털썩 주저앉아 요란하게 여러 번 심호흡한다. 공기를 가득 폐에 담으면 바로 일어나 양손을 가슴 앞에서 엇갈린다. 그 손의 중심 부분을 뒤에서 포옹하듯 다른 사람이 꽉 눌러준다.

"하나, 둘!"

그러면 의식이, 갑자기, 훅 사라진다.

밤에 잠들었을 때조차 느슨하게 이어져 있는 '태어날 때부터 지금까지의 시간 흐름'이 싹둑 잘린다. 퍼뜩 정신을 차리니 사사쿠라와 친구들이 자신을 내려다보며 웃고 있다.

"너, 완전히 이상한 소리를 냈어!"

"오! 동공 돌아왔다."

하지만 자신은 정신을 잃었었다는 사실도, 이상한 소리를 냈다는 사실도 기억하지 못한다. 내 일인데 완벽하게 남의 일이다. 살짝 비친 코피를 손등으로 닦고 주위를 둘러보면 특별할 게 하나도 없는 때 탄 학교 건물의 흰 벽에 노란 원이 여기저기 떠오른다.

내가, 나라는 증명을, 내동댕이친다.

지금의 마사무네에게 가장 가슴 뛰는 놀이다. 교사가 이 위험한 놀이를 금지했으나 마사무네와 친구들은 학교 건물 뒤에서 남몰래 즐기고 있다.

마사무네는 주저앉은 채 의식을 돌아온 뒤로도 멍하니 있었다. 그 애매한 시간만은 다른 사람이 침해할 수 없으므로 오늘도 사사쿠라와 다른 친구들은 그를 그냥 놔뒀다.

"다음은 누가 할래?"

"얼마 전에 나, 죽기 직전까지 갔다고!"

마사무네는 모두의 목소리를 대충 들으며 머리 위를 올려다봤다. 갈색 나무 너머로 학교 건물 옥상의 녹슨 펜스. 그 철조망 너머로 가냘픈 발을 지닌 사람의 그림자가 있었다.

사가미 무츠미다.

짧은 양말을 딱 맞게 신고 있는 무츠미. 살짝 엿보이는 복숭아 뼈의 날카로움은 무츠미가 아직 순결하고 수학을 잘하고 늘 등을 꼿꼿하게 펴고 있는 데서 알 수 있듯 그녀가 모든 부분에 결벽증이 있는 소녀임을 보여주는 듯하다.

눈에 띄지 않고 기가 약해 보이는 소녀. 꽤 오래전부터 마사무네가 품고 있던 무츠미의 인상은 이미 망각의 저편에 있었다. 마사무네의 눈길을 확인한 무츠미는 놀랄 만큼 차가운 눈을 보여주었다. 자기 친구들에게 보여주는 경쾌한 웃음과는 전혀 다른 것이다. 게다가.

"내게 팬티가 보일지 모른다는 생각은 안 하나?"

"응? 뭐라고 했어? 마사무네, 지렸어?"

사사쿠라의 놀림도 귀에 들어오지 않는다.

마사무네는 무츠미가 자기를 무시하고 있다고 느꼈다. 남자로서 보지 않는다.

입을 반쯤 벌리고 자신에게 완전히 마음을 빼앗긴 마사무네의 모습을 확인한 무츠미는 사사쿠라와 다른 친구들이 알아차리지 못하도록 옥상 안쪽으로 사라진다. 그리고 검붉게 녹슨 계단을 내려와 복도에 발을 댄 순간부터 평범한 소녀로 변신한다.

교사가 좀처럼 오지 않아 소란스러운 종례 시간.

"그러니까 그게 아니라!" 사사쿠라는 여학생들과 대화하는 무츠미를 바라보며 일부러 크게 닛타와 얘기하고 있다.

"무츠미, 저거 보여?" 사사쿠라의 노골적인 눈길을 발견하고 귓속말하는 사람은 몸집이 작고 어린애처럼 말하는 야스미였다. "그런 거 아니라니까." 무츠미는 부끄럽다는 듯 고개를 젓는다. "사사쿠라, 바보 아냐? 아주 신났네. 손이라도 흔들어 주면 어때?" 반장 하라는 대놓고 미간을 찌푸려 불쾌감을 드러냈다.

"어머! 그런 게 아니라니까. 소노베, 좀 도와줘!"

무츠미는 도움을 청하며 옆자리의 소노베에게 매달렸다. 소노베는 단단한 어깨에 뻣뻣한 머리를 짧게 깎은 소녀다. 소노베는 입가만 올려 애매하게 웃었다.

"너무 귀엽지 않냐? 부끄러워하잖아." 사사쿠라는 무츠미의 모습에 잔뜩 신이 났다. 마사무네는 그런 대화를 들으며 차갑게 마음이 식어 갔다. 그때 문이 덜컹 열리며 교사가 들어왔다.

"어이. 자기 확인표 안 낸 사람, 얼른 내라."

마사무네가 시치미를 떼며 창밖으로 고개를 돌리는데 교사가 놓치지 않았다.

"기쿠이리, 너 말이야, 너!"

해가 질 무렵의 제철소는 하염없이 연기를 내뱉는다. 마사무네와 친구들은 제방에 걸터앉아 겨울인데도 아이스크림을 먹고 있다.

"마사무네는 생각이 너무 많아. 확인표 같은 거 대충 작성하면 되잖아."

닛타의 차가운 지적에 마사무네는 침울해졌다.

"하지만 앞으로 뭐가 되고 싶냐는 질문에 뭐라고 적냐?"

"그야 미후세제철소에 취업 희망이라고 적으면 그만이지."

"그야 그렇지만." 마사무네가 힘없이 대답하는데 바로 옆에서 사사쿠라가 말을 꺼냈다.

"아, 사가미는 뭐라고 적었을까? 여자 아나운서일까?"

"아닐걸. 평범하잖아."

"사람들 앞에 서는 거 힘들어하던데."

마사무네는 다들 너무 무츠미를 모르는 듯해 비웃고 싶은 심정이었다.

"하지만 어차피 무리지. 여자 아나운서, 대학 나와야 하잖아. 무리지."

무츠미는 반에서 성적도 그럭저럭 좋은 편이다. 그러나 닛타는 그녀의 대학 진학을 무리라고 단언하고 다른 사람도 부정하지 않는다. 미후세라는 땅이 그렇게 생각하게 만든 것이다.

"훨훨 날아볼까?"

사사쿠라는 분위기를 바꾸려는 듯 제방 위에 오른다. 그리고 "사사쿠라 간다!"라며 힘껏 소리치고 양손을 활짝 펼치고 몇 번 파닥파닥 날갯짓하더니 뛰어내렸다.

"야! 머리부터 떨어져라!"

마사무네는 잠자코 사사쿠라의 뒤를 따랐다. 가볍게 뛰어올라, 착지.

발바닥에 가볍게 충격이 전해졌다. 기절 놀이가 유행하기 전에는 매일 뛰어내리는 장소를 바꿨다. 테트라포드, 제방, 주차장 지붕.

"음." 마사무네는 통증을 곱씹으며 고개를 들었다. 물감을 잔뜩 칠한 유화 같은 산이 겨울인데도 부분적으로 상당히 짙은 녹음을 드러내고 있다.

"오늘은, 입김이 하얗네."

뱉어낸 하얀 숨결의 궤적을 올려다보니, 그 배경에 더 짙은 하얀 덩어리가 뭉게뭉게 이동하고 있다.

"아, 늑대다."

제철소에서, 사이렌이 울렸다.

제철소에서 나온 연기가 그날처럼 늑대 모양을 이루고 있다. 어느새 마사무네만이 아니라 모두가 그것을 늑대라고 부르고 있다. 아우! 울부짖으며 사라지는 늑대를 바라보고 있자니 하늘에 살짝 균열이 생겨 있다. 늑대들은 마사무네와 친구들이 발견하지 못하는 가는 균열도 예민한 후각으로 쉽게 찾는 모양이다.

늑대가 그런 작은 균열을 먹으면 하늘은 원래 모습으로 돌아온다. 사이렌도 그친다.

아무 일 없었다는 듯 쓱 늑대는 사라지고 마사무네도 발바닥의 통증을 느끼지 않게 된다.

시골의, 겨울밤이다. 주위에는 무거운 어둠이 내려앉았고 윙벌레의 날갯소리가 나는데 생물이 살아있는 기척은 없다. 낡기만 한 가로등이 내는 소리일 뿐이다.

좁은 현관 앞 공간에는 도대체 누구에게 무엇을 보여주고 싶은 건지 모를 장식이 놓여 있다. 집에 돌아온 마사무네는 미적 감각을 조금도 느낄 수 없는 포도 장식이 조각된 문을 열고 조그맣게 중얼거렸다.

"다녀왔습니다."

"마사무네, 왔니? 밥 거의 다 됐어."

부엌에서 어머니 미사토가 나왔다. 거실을 슬쩍 들여다보니 술잔을 홀짝홀짝 기울이고 있는 토키무네가 보였다.

"어이, 어서 와."

"삼촌, 왔네."

토키무네는 마사무네의 아버지 아키무네의 동생이다. 제철소 작업복을 갈아입지도 않고 고다쓰에 들어가 있다. 좌식 의자에는 할아버지 소지가 등을 웅크리고 앉아 있다. 소지는 심야 외에는 언제나 저 자리를 지키며 변함없이 흘러나오는 드라마와 뉴스를 지긋이 바라보고 있다.

"자, 생강 돼지불고기 나왔습니다."

기쿠이리 집안은 늘 비슷한 식단을 돌린다. 교자만두, 생선조림, 데리야키 생선구이, 데리야키 닭고기구이, 생강 돼지불고기, 소시지볶음. 이와 다른 메뉴가 나오는 일은 거의 없는데도 어머니는 "오늘은 ○○야"라고 하루도 빠짐없이 메뉴를 발표한다. 그러나 근본적인 문제가 하나 있다.

"우리 집 생강 돼지불고기, 생강 안 들어가잖아요. 마늘만 들어가지."

일단 의문을 밝혀 봤으나 미사토는 손을 살살 흔들며 말했다.

"보기에 똑같으면 그게 그거인 거야."

"응. 형수 말이 맞아."

미사토가 놀리는 토키무네를 날카롭게 노려봤다.

"토키무네. 오면 온다고 미리 얘기해야지. 밥을 두 컵만 했단 말이야."

"괜찮아. 나 이거면 돼."

토키무네가 빈 소주잔을 들어 올리는데 남자 목소리가 「잠깐만!」이라고 흐린 화면 속에서 울려 나왔다. 늘 소지가 보는 형사 드라마다. 장대비 속에서 범인 같은 아우라를 뿜뿜 풍기는 여자를 상대로 형사가 눈물을 흘리며 소리친다.

「나는, 전부 알고 싶어!」

"전부 다, 알고 싶다." 괜스레 속으로 따라 해봤으나 마사무네의 중얼거림을 아무도 알아듣지 못했다.

"아, 맞다! 할아버지. 또 정원에 물 틀어놓으셨죠?"

"음." 소지는 미사토의 잔소리에 부정도, 긍정도 하지 않고 고개를 끄덕였다. 그에 맞춰 토키무네도 빈 잔을 들어 올리며 말했다. "응?"

"내가 못 살아! 하여간 이 집안 남자들은."

식사 후, 마사무네는 자기 방에서 자기 확인표를 멀거니 바라보고 있었다.

미후세에서 사는 사람은 남녀노소를 불문하고 정기적으로 이 표를 쓴다. 나이, 성별, 혈액형, 주소 같은 평범한 내용부터 본인이 무엇을 좋아하는지, 누구를 좋아하는지, 문득 드는 기분 변화처럼 언어로 표현하기 힘든 내용까지 자세히 적어야 한다.

그 항목들은 최대한 변화를 바라지 않는다.

변화란 원래의 자신과 멀어지는 일이다. 존재하는 본래의 자신에 매달리지 않으면 점점 가짜가 되고 만다.

마사무네는 확인표 구석에 저도 모르게 그림을 그리기 시작했다.

무릎을 안고 앉은 소년의 몸에 가시나무가 얽혀 있고 피부에 가시가 박혀 있다. 누가 봐도 사춘기임을 표현하는 그림인데 집요하게 그리고 또 그린 덕분에 점점 그럴듯해졌다. 원래 게임을 좋아한 마사무네는 한 RPG의 서양식 일러스트레이터 그림에 충격을 받아 흉내 내 그리다가 제법 그림을 잘 그리게 되었다.

"어이."

목욕을 마치고 나온 토키무네가 담배를 들고 실내로 들어왔다. 마사무네는 황급히 확인표를 뒤집었다.

토키무네는 베란다에 걸터앉아 원래 놓여 있던 깡통 재떨이를 잡아당겼다. 담배에 불을 붙이더니 맛이 없는지 미간을 찌푸렸다.

"술이라든가 담배는 금기 아니야? 신 밑에서 일하는 사람이 그러면 안 되죠."

"이제 제철소는 알아서 돌아가고 있어. 우린 일하는 척만 하는 거야. 조회하고 점검 좀 하고."

후, 토키무네는 담배 연기를 내뱉었다. 연기 끝에는 밤에도 여전히 가동하는 제철소가 있다. 하지만 작업원은 이미 한 명도 없었다.

"그리고 연기가 어디로 가나 확인하고 그게 다야."

마사무네는 관심 없다는 듯 콧방귀를 꼈다. 토키무네는 가볍게 미소 짓고 이야기를 계속했다.

"금방 그림 그리고 있었지? 제철소 월간 사보에 삽화 그려 볼래?"

마사무네는 순간 흠칫해 등으로 반응을 보였으나 일부러 후, 길게 한숨을 내쉬었다.

"됐어. 불편하니까 나 너무 신경 쓰지 마."

"야. 애가 무슨 그런 걱정을……."

마사무네는 더는 듣고 싶지 않다는 듯 토키무네의 말을 막았다.

"나 애 아니야, 어른이 될 수 있을진 모르겠지만."

토키무네의 말문이 막혔을 때 제철소 쪽에서 또 사이렌이 울렸다. 제철소에서 나타난, 연기. 낮에는 잿빛처럼 보였는데 한밤에는 하얀 털을 곤두세우고 있는 듯 보인다. 연기 늑대는 하늘에 설핏 생긴 균열을 향해 달린다.

균열도 밤의 어둠 속에서는 짙은 청록색에 노란색과 복숭아

색이 흩어져 반짝반짝 빛난다. 그러나 그 또한 곧 연기에 메워
진다.

"오늘 두 번째인가, 요즘 잦아져."

토키무네가 중얼거렸으나 마사무네는 대답할 마음이 없었다.

– | –

다음 날 아침, 학교에서 작은 사건이 일어났다.

소노베의 실내화가 없어진 것이다.

소노베는 아침 일찍부터 교실에 있었는데 발밑을 가리듯 앉
아 있었다. 처음에는 마사무네 외에는 그 사실을 알아차리지 못
했다.

"너무해! 소노베, 불쌍해?!"

그러나 여학생들의 리더인 하라가 요란을 떠는 바람에 모두
가 소노베의 발밑을 주목했다. 하얀 양말 바닥은 먼지로 더러워
져 있었다.

소동이 일어나고 교사가 달려와 소노베의 이야기를 듣기 시
작했다. 우물거리는 소노베의 목소리는 잘 들리지 않았다.

"너무해!" "그런 짓을 누가 했을까?"

일일이 요란을 떠는 하라와 야스미의 말을 통해 누군가가 소

노베의 실내화를 훔쳐 갔음을 파악할 수 있었다.

"기운 내, 소노베." 무츠미는 다른 여학생과 같이 걱정스러운 얼굴로 소노베의 등을 쓸어 주었다.

"이거, 괴롭힘 아니야?" 사사쿠라가 의문을 던졌다.

굳이 말하지 않아도 모두 아는 사실을 기어이 표면화하는 존재란 정말 귀중하다.

사사쿠라의 말에 소노베가 손으로 얼굴을 가리며 왈칵 눈물을 터뜨렸다.

누가 그런 짓을 했는지 정말 저질이야, 몰래 그러다니 너무 비겁해, 절대 용서할 수 없어. 그때부터 여학생들이 동시에 떠들기 시작했다.

무츠미는 소노베의 등에 살짝 손을 올려놓고 있었다. 그러나 마사무네에게 그 손은 그저 '그곳에 놓여 있다'라는 의미 이상으로 보이지 않았다.

점심시간. 마사무네는 사사쿠라 일행과 함께 평소처럼 기절 놀이를 하려고 학교 건물 뒤로 이동했다. 그러나 솔직히 그럴 마음이 들지 않았다.

"오, 세이프. 선공했다. 마사무네 할래?"

사사쿠라는 마사무네의 뒤에서 팔을 둘렀다. 마사무네는 내

키지 않았으나 흘러가는 상황에 따라 가슴 앞에 두 팔을 교차했다. 그러자 사사쿠라는 씩 웃고는 "마사무네~~"라고 콧소리를 내며 그의 가슴을 만지기 시작했다.

"야, 하지 마!" 마사무네는 소리치며 사사쿠라에게 도망치려했다.

"사사쿠라, 갑자기 발정하지 마."

"마사무네는 뒤에서 보면 꼭 여자 같단 말이야."

"네가 나보다 뚱뚱하니까 가슴도 더 클 거 아니야."

마사무네가 받아치자, 사사쿠라는 자기 가슴을 만지며 "어머, 에로틱해!"라며 장난을 쳤다. 하하하……. 웃음을 터뜨린 닛타와 센바를 따라 마사무네도 웃고 말았으나 자연스레 고개를 든 순간 그 웃음이 얼어붙었다.

옥상에 사가미 무츠미가 서 있었다. 게다가 자기 치맛자락을 올리고.

마사무네는 너무 놀라 황급히 눈길을 피했다.

"마사무네, 왜 그래?"

"아, 아니야. 나는 나중에 해도 되니까 먼저 해."

"그래? 그러면 내가 할래, 할래♬"

모두가 기절 놀이를 재개하는 모습을 확인하고 다시 슬쩍 고개를 들었다. 무츠미도 마사무네만 자기를 본다는 사실을 확인하고 다시 치맛자락을 살짝 끌어 올렸다.

"?!"

순간 온몸의 피가 아랫도리가 아니라 머리로 치솟았다.

팬티를 봐서 기쁜 게 아니었다. 부끄럽기도 하고 분하기도 했고 분노 같기도 한 강렬한 초조함이 정신 없이 덮쳐왔다.

정신을 차려보니 마사무네는 학교 건물을 향해 정신없이 달리고 있었다.

"야, 어디 가?"

"잠깐!"

"잠깐이라니, 뭔데? 잠깐?!"

현관에서 신발을 벗어 던지고 우당탕 복도를 달려 옥상으로 이어진 비상계단을 달려 올라갔다.

옥상 문은 훨씬 전에는 잠겨 있었는데 요즘에는 그냥 열려 있다.

구르듯 옥상으로 뛰어 들어가는 바람에 삼각 폴을 차고 말았다. 그런데도 마사무네는 도전하듯 고개를 들었는데, 그곳에 사가미 무츠미는 없었다.

김이 샌 마사무네는 쓰러진 삼각 폴을 천천히 세우려다가 저

수탱크 밑에서 조그만 크기의 실내화 한 벌을 발견하고 말았다.

"뭐지?"

마사무네는 꿀꺽 침을 삼켰다. 이 우울한 옥상에 매일 드나드는 사람은 무츠미뿐이다. 그렇다면 소노베의 실내화를 훔친 범인은?

마사무네는 조심스레 다가가 실내화를 들었다. 그러나 곧 저도 모르게 "앗!" 하고 소리를 지르며 내던지고 말았다. 땅에 떨어져 가볍게 튄 다음 더는 굴러가지 않고 얌전히 멈춘 실내화 안쪽에는 이름이 적혀 있었다.

'사가미 무츠미'

"사가미, 무츠미!"

여기에 사가미 무츠미의 실내화가 있다. 그러나 실내화를 잃어버린 사람은 분명 소노베다.

"변태."

느닷없이 울린 경쾌한 목소리에 제멋대로 어깨가 출렁였다.

돌아보니 무츠미가 서 있다. 무츠미의 표정은 교실에서 보여주는 가짜 미소가 아니었다. 마사무네만이 아는, 무섭게 차가운 눈동자였다.

"돌려줘. 그거 내 거야."

"아……. 아, 아아."

마사무네는 실내화를 주워 무츠미의 발밑을 향해 가볍게 던졌다. 받아 든 무츠미는 지금까지 신고 있던 실내화를 벗어 던졌다. 살짝 발가락에 걸고 가볍게 스윙했을 뿐인데 실내화는 아주 쉽게 발에서 떨어져 그 자리에 굴렀다.

"드디어 찾았네. 이건 너무 커서 걷기 힘들었어. 어디 버려뒀었어?"

"뭐?"

"이 실내화."

처음으로 대화다운 대화를 할 기회가 생겼는데 마사무네는 신음만 할 뿐 제대로 대답하지 못하고 고개를 떨구었다. 그리고 다시 반응했다.

조금 전까지 무츠미가 신었던 실내화.

안에 적힌 이름은 '소노베 유코'.

"이거 뭐야?"

"소노베가 시작한 거야. 소노베가 먼저 내 실내화 훔쳤어. 난 내 게 없어져서 걔 걸 신은 거야."

"그게 무슨 말이야? 실내화를 잃어버린 사람이, 너야? 그럼 서로 실내화를 훔치는 거야?"

소노베가 가해자이고 무츠미가 피해자? 그렇다면 왜 네가 소노베의 실내화를 신고 있지? 왜 소노베는 교실에서 울었지?

의문이 쉴 새 없이 떠오르는데 한마디도 할 수 없었다. 무츠미는 자기 실내화를 주워 발가락을 콩콩 바닥에 치며 신었다.

"너희가 하는 기절 놀이 같은 거야. 다 지루해서 그러는 거 아니겠어?"

마사무네는 더 혼란스럽기만 한데 무츠미는 장난스럽게 웃었다.

"내가 지루함을 싹 날려버릴 만한 걸 보여줄까?"

– | –

마사무네와 무츠미의 키는 그리 차이가 나지 않는다.

상대를 고려하지 않고 걷는 무츠미의 걸음은 상당히 빨라 마사무네는 따라가기 바빴다. 무츠미는 계속 미후세의 중심을 향해 걸었다. 중심이라고 해도 역 근처도 아니고 가게가 많은 것도 아니다. 그저 모두가 그렇게 부를 뿐이다. 제철소가 있는 부근이다. 미후세는 어디나 제철소를 기준으로 성립되어 있다.

그리 높지 않은 작은 다리를 건너 지나다니는 사람도 거의 없어졌을 때 마사무네가 드디어 무츠미에게 말을 걸었다.

"어디 가는데?"

"글쎄 어디일까?"

무츠미는 깔깔대고 웃었다. 그 웃는 얼굴은 교실에서의 무츠미도, 옥상에서의 무츠미도 아니었는데 어딘가 불안정하게 보였다.

대놓고 이렇게 놀림을 당하는데, 왜 잠자코 있을까, 뭘 기대하고 있을까. 스스로 어떤 판단도 내릴 수 없는 상황에서 마사무네에게 안 간다는 선택지는 없었다.

마사무네는 사가미 무츠미가 정말 싫었다. 그런데도 왠지 내가 선택됐다는 생각에 석양을 받지도 않았는데 뺨이 붉게 물들었다.

다리를 다 건너 한참 걸어가니 국도도 아닌데 넓은 편도 2차선 도로가 나왔다. 듬성듬성 민가가 서 있는데 눈에 띄는 시설은 녹슨 간판의 오토 스낵(각종 간식 자판기와 게임기가 놓인 무인 판매점) 정도였다. 제철소에 짐을 운반하는 트럭 운전사들이 주로 사용하는 곳으로, 가벼운 식사와 휴식을 취하는 장소다. 게임기가 있어서 방과 후에는 중고생들이 모여드는 장소이기도 했다.

마사무네는 오토 스낵에서 파는 핫 샌드위치를 좋아했다. 얇은 햄과 치즈를 끼운 식빵을 알루미늄 포일에 싼 음식인데 아키무네가 퇴근길에 종종 사다 주었다.

"……"

아키무네가 마음에 떠오른 순간, 의심과 기대로 괜히 붕 떠 있던 마사무네의 걸음이 갑자기 무거워졌다.

그 제철소에서 일어난 사건, 올겨울 일인데도 아주 오래전에 일어난 듯한 그 사고를 떠올렸다.

그, 제철소 폭발 사고가 일어난 날.

아키무네는 밤늦게 집에 돌아왔다. 물이 콸콸 흐르는 소리가 나서 마사무네가 아래층으로 내려가니 아키무네가 불도 켜지 않은 채 세면기에 머리를 박고 있었다. 그리고 계속 머리에 물을 끼얹었다. 어디를 보는지 알 수 없는, 공허한 눈동자였다.

"왜 그래?"

"아니, 그냥 더, 더러워진 느낌이 들어."

폭발이 일어난 제철소에 있었다면 당연히 더러워졌을 것이다. 하지만 불도 켜지 않아 어두운 탓인지 아키무네의 옷과 몸은 깨끗해 보였다.

"아버지도, 아까 그거, 휘말렸었어?"

"음. 잘 모르겠는데 아마도 그런 것 같아."

아키무네는 물도 잠그지 않고 대답했다. 무슨 말이냐고 되묻고 싶었으나 그냥 아무려면 어떤가 싶었다. 아니, 좀 다르다. '어찌 되었든 달라질 게 아무것도 없을' 것 같았다. 마사무네만이 아니라 미후세에 사는 사람이라면 다 그랬을 것이다. 그런 사고가 있었는데도 어떤 소동도 없이 조용하기만 한 시골의 밤이었다.

미후세 전체가 조용하게 이상해지고 말았다.

우선 전화가 되지 않았다. 정확하게는 미후세 밖과 통화가 되지 않았다. 전차도 오지 않았다. 터널이 무너져 막혔기 때문이다. 항구를 통해 바다로 나가려 했는데 그것도 불가능했다. 계속 해류에 막혀 나갈 수 없었다.

이 사태를 맞아 시장을 중심으로 방재회(防災會)가 열렸다. 그로부터 일주일쯤 지나 미후세 사람 모두는 공회당 주차장에 모였다.

"이번 건에 관해서는……."

시장이 확성기를 한 손에 들고 모인 주민들에게 상황을 설명했다. 학교가 거의 휴교 상태였으므로 마사무네와 사사쿠라를 비롯한 친구들도 자리하고 있었다.

시장 옆에는 제철소 유니폼을 입은 직원이 여러 명 있었다. 다들 직책이 있는 높은 분들일 텐데 이상하게도 평사원인 아키무네가 끼어 있었다.

"이번 건에 대해, 대대로 미후세 신사를 모신 가문 출신이자 신미후세제철소의 종업원이신 사가미 마모루 씨의 얘기를 들어

보겠습니다."

"어라, 사가미 무츠미 아버지 아니야?" 사사쿠라가 마사무네에게 조용해 말했다. "글쎄."

사가미 마모루라고 불린 키가 훌쩍 큰 남자는 아키무네와 마찬가지로 평사원인 듯했다. 긴장과 기쁨이 뒤섞인 뒤집힌 목소리로 아키무네에게 말을 걸었다.

"아키무네 씨, 저 올라갈게요."

"네. 그러세요." 아키무네는 왠지 씁쓸한 미소를 지으며 대답했다.

사가미는 확성기를 쥔 채 주차장에 놓인 단상에 올랐다.

"소, 소개받은" 이야기를 시작했으나 확성기가 울려 어린아이가 귀를 막았다.

"아, 아⋯⋯. 우, 우리 미후세 시민들은 산업혁명 시대부터 칸자리 산에서 채취한 철의 은혜로 살았습니다."

사가미는 더듬더듬 말을 시작했는데 아무도 그의 말을 놀리거나 지루하다고 여기지 않았다. 자신이 품은 위화감에 해답을 주지 않을까 하는 마음에 사가미를 물끄러미 바라보며 그의 말을 기다리고 있을 뿐이다. 한없이 진지한 눈길을 받자, 사가미의 눈은 점차 번뜩이며 자신 있는 목소리로 변해갔다.

"하지만 잘 생각해 보십시오. 미후세 신사가 섬기는 건 바로 그 산입니다. 다시 말해 이 마을은 여태 신을 깎아 온 것이죠. 그렇습니다. 지금 우리는!"

사가미는 완전히 자기 이야기에 빠져 콧구멍을 부풀리며 단언했다.

"신의 벌을 받는 겁니다!"

모두가 할 말을 잃었다. 완벽한 정적이 찾아왔으나 그 침묵은 곧 깨졌다.

"뭐, 뭐야! 벌이라니!"

중년 남성의 호통을 시작으로 사람들은 저마다 이야기를 쏟아내기 시작했다.

"무슨 소리야? 뭐야, 저 녀석?"

"모르냐? 사가미 외아들, 괴짜로 유명하잖아."

그러자 사가미는 눈을 부릅뜨고 더 크게 외쳤다.

"모르는 건 축복이죠!"

이상할 정도로 흥분한 그의 모습에 사람들은 다시 입을 닫았다. 처음 주뼛댔던 모습은 거짓말처럼 사라지고 사가미는 소리 높여 연설했다.

"저기 보이는 건 예전의 제철소가 아닙니다. 지난번 폭발로 변했습니다. 신의 기계, 신성한 기계로 변했단 말입니다!"

술렁대는 사람들 속에서 마사무네는 매달리고픈 심정으로 아버지 아키무네를 바라봤으나 늘 느긋하게 자기만의 방식으로 사는 아키무네의 얼굴에는 표정이 없었다.

사가미는 모든 이의 주목을 한 몸에 받으며 처절하게 소리 쳤다.

"그리고 저 신성한 기계가 우릴 미후세에 가뒀습니다!"

사가미 마모루는 미후세 신사의 후계자였으나 제철소에서는 일개 평사원에 불과했다. 미후세에 벌어진 이상한 상황은 상식 만으로는 도무지 설명할 수 없었으므로 바로 그런 순간에 이 땅 에서 일어난 '불가사의한 일을 가장 잘 아는' 게 아니라 이 '불가 사의한 일을 억지로라도 설명할 수 있는' 사가미가 신임을 얻고 말았다. 신주(神主)로 신사를 지키면서 부업으로 제철소에서 일 해야 생계를 유지할 수 있는 작은 신사의 후계자라도 말이다.

사가미는 우리가 SF에서처럼 다른 세계로 날아온 것도, 같은 날을 되풀이하는 것도 아니라고 말했다. 그저 신을 계속 깎아낸 벌로 미후세에 갇혔을 뿐이다. 신의 분노가 가라앉으면 원래 세 계로 돌아갈 거라고 했다.

그런 논리라면 정작 신주인 사가미가 왜 제철소에서 일했냐 고 지적한 사람도 있었다. 그러나 사가미는 그런 말에 전혀 흔들리지 않고 신성한 기계가 된 제철소 소장에 취임해 신주로서 그곳을 계속 지키겠다고 단언하고 실제로 그렇게 했다.

아키무네는 사가미의 신임을 얻어 그의 오른팔 자리에 올랐다. 사가미는 독특한 말투에 분위기 파악을 잘 못해 미후세가 다른 세상으로부터 격리되기 전까지는 외톨이 신세였는데 동료에게 늘 놀림을 당하는 사가미를 유일하게 살갑게 대한 사람이 아키무네였다.

사가미가 제철소의 권력을 손에 넣으면서 아키무네의 지위도 올라갔으나 그는 어쩐지 괴로운 듯 보였고 일도 거의 안 나가기 시작했다. 그러더니…….

"다 왔어."

무츠미가 말을 거는 바람에 마사무네의 생각이 단숨에 끊겼다.

서둘러 고개를 든 마사무네는 할 말을 잃었다. 제철소였다. 멀리서는 철산을 거느리고 위압적으로 솟아 있는 건조물처럼 보이는데 가까이에서 보니 검붉게 녹슬었고 너무 거대해 오히려 전체적인 스케일이 애매했고 왠지 무시무시한 공기를 휘감고 있었다. 무츠미는 제철소 방향의 어딘가를 향해 걸어 온 게 아니었다. 제철소 자체가 목적지였다.

"미쳤어! 어른한테 들키면 어쩌려고?"

"바보네."

무츠미는 당황하는 마사무네를 무시하고 차량이 드나드는 뒷문으로 돌아갔다. 철책으로 닫혀 있었는데 그 옆의 조그만 문은 잠겨 있지 않아 무츠미는 쉽게 안으로 들어갔다.

"야!" 마사무네는 무츠미의 등에 대고 소리쳤으나 멈추지 않았다. "젠장! 왜 내가 바보야?"

마사무네는 잠깐 그냥 돌아갈까도 생각했으나 그럴 수 없었다. 사소한 의문이 생겼고 나아가 겁먹은 모습을 보이면 무츠미가 실망할 것 같았다. 그것만은 절대 하기 싫었다.

지루함을 싹 날려버릴 만한 게 저 앞에 있다.

공장 부지 안에 발을 들여놓자, 작업원 여러 명이 어슬렁거리고 있었다. 담배를 피우거나 멍하니 앉아 있을 뿐 일하고 있는 듯 보이지는 않았고 딱히 이쪽을 신경 쓰지도 않아 무츠미는 성큼성큼 안으로 나아갔다.

용광로는 굉음을 내며 가동하고 있었고 주위에는 연기가 뿜어져 나오고 있었다. 멀리서 봤을 때는 당연히 제철소 굴뚝에서 연기가 나오는 줄 알았는데 그게 아니었다. 바닥과 벽에서 수증기 같은 게 피어오르고 있었다.

그런데 왠지 압도적으로 뭔가 부족했다. 생기라고 해야 할까?

숲의 나무들이 바로 뒤에 펼쳐져 있는 지형인데도 새 소리 하나 들리지 않았다.

무츠미는 부지 안 깊은 곳에 여럿 있는 거대한 용광로 중 하나로 갔다. 유일하게 가동하지 않고 있어서 가시 박힌 철사로 둘러쳐진 그곳은 정적에 싸여 있었다. 무츠미는 당연하다는 듯 철삿줄을 넘어 안으로 들어가 문을 열었다. 예상대로 끼익, 녹슨 소리가 났다.

안으로 들어가니 텅 빈 콘크리트 공간이 나왔다.

드러난 배관이 뱀처럼 구불구불 천장을 기고 있다. 먼지가 쌓여 있지만, 오래 방치되었다기보다는 제대로 관리되지 않은 듯한 가벼운 느낌이다. 모든 게 거대한 창으로 들어오는 저녁노을을 받아 반짝반짝 빛나고 있다.

압도적인 위화감의 정체를 몰라 주위를 둘러보니 반짝이며 떠다니는 먼지에 섞여 자기 힘으로 날아다니는 존재를 발견했다. 나비였다.

"왜 나비가?"

나비 같은 거, 정말 오랫동안 본 적 없다. 마사무네는 겨울철 나비라는 이질적인 존재를 눈앞에 두고 이 장소에서 느끼는 위화감의 정체를 깨달았다.

다른 용광로는 가동 중인데도 생기가 느껴지지 않았는데 이 장소만은 다르다는 느낌이 들었다. 생명의 압력 같은 게 느껴졌다.

"어이, 너, 여기……."

딸깍, 갑자기 스위치 누르는 소리가 나더니 저녁노을이 닿지 않는 벽 쪽 구석이 밝아졌다. 수은등의 차갑고 날카로운 빛이 공간 일부를 비췄을 뿐인데도 불이 갑자기 켜지니 잠시 눈앞이 캄캄해졌다.

수은등은 결코 평범하다고 할 수 없는 용광로의 한쪽 구석 방 같은 곳을 비췄다. 다른 곳과 마찬가지로 이곳에도 천장에는 배선이 가득했고 벽에는 위압적인 배전반이 빼곡했으나 바닥에는 카펫이 깔려 있었고 낡았지만 그럴싸한 벨벳 소파가 놓여 있었다.

그리고 너무나 기묘하게도, 불가사의한 거울이 있었다.

거울은 무츠미를 비추고 있었다. 그런데 거울 속 무츠미는 저녁노을의 오렌지빛을 받아 윤곽은 흐릿했으나 노출이 심한 하얀 원피스를 입고, 마사무네가 봐 온 무츠미와는 달리 어딘가 부드러운 분위기를 자아내고 있었다.

그 아름다움에 마음을 빼앗겼던 마사무네는 곧 깨달았다.

"아!"

거울에 비친 무츠미는, 무츠미를 빼닮은 소녀였다.

나이부터 체형까지 너무 닮아 거울이라고 착각한 것이다.

무슨 일이지? 마사무네는 혼란스러웠다. 왜 이런 곳에 사람이 살고 있지? 무엇보다 왜 이런 데 나를 데려왔지?

소녀는 꼼짝하지 않고 이쪽을 가만히 바라보고 있다.

마사무네가 생각에 잠긴 사이, 소녀는 마사무네의 바로 20센티미터 앞까지 다가와 있었다.

"헉!" 마사무네의 목소리가 목구멍 깊은 곳에서 막히고 말았다.

소녀는 아주 가까이에서 마사무네를 뚫어지게 관찰하더니 뺨, 머리카락, 귀 냄새를 맡았다.

"자, 잠깐. 으악!"

소녀는 마사무네에 목에 매달렸다. 마사무네는 발이 엉켜 그대로 바닥의 조그만 물웅덩이에 넘어졌다.

"하하하하하!" 소녀는 아주 즐거운 듯 흥분에 가까운 묘한 소리를 질렀다. 사가미 무츠미와 조금도 닮지 않았다.

반짝이는 듯, 구김 없이 웃는 얼굴. 그리고 무엇보다 이 소녀는……

지독하게, 냄새가 난다.

마사무네는 절로 고개를 돌리고 말았다. 킁킁대며 마사무네의 냄새를 맡는 소녀에게서 달콤하고 끈끈하면서도 쉰 듯한 악취가 풍겨왔다.

"쉿!" 그때 무츠미가 위협하는 듯한 소리를 내며 짝 손뼉을 쳤다. 소녀는 흠칫 놀라더니 짐승처럼 유연한 팔다리를 움직여 재빨리 방의 한쪽 구석으로 도망갔다.

무츠미는 조용히 소녀에게 다가가 겁먹은 표정의 소녀에게 말을 거는 대신 재빨리 원피스를 벗기기 시작했다.

"야, 잠깐만! 사가미."

"꺄아악!"

소녀는 가볍게 몸부림을 쳤으나 무츠미는 익숙한 손놀림으로 묵묵히 하던 일을 계속했다. 원피스를 벗기자, 눈부신 하얀색이 폭력적으로 시야에 뛰어들어 마사무네는 외면할 수밖에 없었다.

쫙, 쫙!

"으아. 냄새……."

용광로 안 수돗가에서 호스에서 나오는 물로 요강을 닦고 있던 마사무네는 저도 모르게 얼굴을 찌푸렸다.

무츠미는 태연한 얼굴로 큰 주전자에 물을 끓이고 있었다. 옆에 놓인 큰 양동이에는 조금 전 벗긴 원피스가 세제와 담겨 있었다.

"근데 너 생각보다 안 놀라더라."

"너무 놀라서 그대로 굳은 거야. 저 여자애는 뭐야?"

조금 전의 소녀는 무츠미가 가져온 샌드위치와 닭튀김을 쩝쩝대며 정신없이 먹고 있었다. 대놓고 손으로 집어 먹지는 않았으나 포크를 중지에 끼는 걸 보니 부모의 훈육과는 연이 없는 듯했다.

그러나 마사무네는 소녀를 대놓고 관찰할 수 없었다. 무엇보다 속옷 차림이었으니까. 그는 소녀가 보이는 어린애 같은 행동에도 마른 체형 가운데 느껴지는 매끄러움과 부드러움 때문에 이성을 느끼고 말았다.

"뭔가 너랑 닮았던데. 자매야?"

"그런 기분 나쁜 소리 하지 마. 그리 닮지 않았어."

"이름은?"

"그런 거, 없어."

마사무네는 아무렇지 않게 넘기는 무츠미를 보고 놀랐다.

"그럼, 쟤는 뭐야?"

"뭐로 보여? 원숭이, 고릴라, 침팬지?"

마사무네가 슬쩍 훔쳐보니, 소녀는 이미 식사에 흥미를 잃은 듯 포크를 내던지고 뭔가를 응시하며 몸을 앞으로 내밀고 있었다.

소녀의 눈길 끝에는 아까 봤던 나비가 있었다. 힘껏 달려들었으나 나비가 스르륵 소녀의 손에서 빠져나가자 분했는지 영문 모를 이상한 소리를 냈다. 나이는 자신들과 그리 달라 보이지 않았는데 말을 못 하는 모양이다.

이런 소녀를, 어디선가 본 것 같은데……. 마사무네는 갑자기 떠올렸다.

맞다. 훨씬 전, 미후세에 갇히기 전에 TV에서 봤던 먼 과거의 이야기에서 숲에 버려진 갓난아이를 늑대가 키워 살아남았다는 내용이 있었다. 외모는 인간이나 인간과는 전혀 다른 감수성을 지닌 채 야생 상태로 산 소녀……. 맞아.

"굳이 말하자면 늑대 소녀."

마사무네가 자기도 모르게 중얼거렸는데 무츠미가 고개를 들었다.

"뭐?"

"아, 아냐. 이 정도면 돼?"

무츠미는 요강을 내려놓는 마사무네를 보며 고개를 까딱 끄덕였다.

"어쨌든 쟤는 밖에 나가면 안 된다고. 그래서 나보고 쟤를 돌보래. 근데 저렇게 커서 씻기기가 얼마나 힘든지 몰라."

무츠미가 큰 주전자에 물을 끓이는 이유를 안 순간 마사무네의 뺨이 확 달아올랐다. 무츠미는 가차 없이 상황을 정리했다.

"남자가 도와주면 좋겠는데 그건 또 좀 문제가 되잖아? 그래서 널 데려온 거야. 넌 여자 같으니까."

"뭐?!"

무츠미는 심술 궂게 씩 웃었다.

"사사쿠라가 네 가슴 만질 때 좋아하는 것 같던데."

"누가 좋아했다고 그래. 헛소리 집어치워!"

"뭐야, 그런 거친 말은 너랑 안 어울려."

"나 집에 갈 거야!"

몇 걸음 내디딘 마사무네 앞에 볼을 든 소녀가 서 있었다. "꺄흑꺄흑!" 놀아준다고 착각했는지 신나서 소리를 질렀다.

"어?" 마사무네는 흠칫 움직임을 멈췄다. 너무나 하얀 소녀의 피부 위에 긁힌 상처와 원인 모를 얼룩이 정맥과 함께 부분적으로 모양을 이루고 있었다.

"음, 아."

멀거니 움직이지 못하는 마사무네를 향해 소녀가 방긋 웃었다. 그 웃음은 섬광처럼 강하고 밝았으며 양지처럼 따뜻했다.

잠시나마 그녀를 거울에 비친 무츠미라고 착각했는데 지금

웃음을 통해 무츠미와는 전혀 다른 소녀임을 받아들였다. 무츠미가 아무리 표정근을 혹사해도 절대 이렇게 웃지 못할 것이다.

"자, 다 끓었어."

무츠미는 소녀를 무시하고 마사무네에게 주전자를 내밀었다.

"욕조에 끓은 물을 붓고 삼 대 일 정도로 찬물을 섞어."

완전히 무츠미가 제멋대로 부려 먹는 상황이었으나 소녀와 정면으로 대치하고 있는 것보다는 시키는 대로 하는 게 더 마음 편해 마사무네는 무츠미의 말을 따랐다.

목욕물 온도를 조절하고 있는데 우당탕 소음이 났다. 뒤에서 벌어지는 일에 신경을 곤두세우고 있으니 곧 "기쿠이리"라고 부르는 소리가 들렸다.

반사적으로 고개를 돌렸는데, 소녀의 매끈한 알몸이 기다리고 있었다.

마사무네는 정신을 놓고 우두커니 서 있었다. 부러질 듯한 가는 팔다리, 그럼에도 이미 '소녀'로 성장했음을 알 수 있는 완만한 커브. 거기에는 1밀리의 오차도 용서할 수 없다는 듯 조용한 긴장감을 갖춘 완벽함이 있었다. 이 존재가 그토록 악취를 제조하는 몸이라는 게 믿어지지 않았다. 가슴 가운데 솟은 돌기는 피부의 매끄러움과 하나가 되어 부드럽게 분홍색을 이루었고 그 아래 붓으로 조심스럽게 찍은 듯한 배꼽이 살짝 패어 있었다.

마사무네가 얼른 눈길을 돌리자, 무츠미는 힘껏 마사무네의 손목을 잡고 그 자리에 있으라고 명령한 후 물 온도를 살짝 점검하고 소녀를 욕조 안으로 데려왔다. 소녀는 목욕이 싫은지 연신 고개를 저었으나 무츠미가 가볍게 노려보자, 체념하고 욕조에 들어갔다. 순간 무성한 부위가 슬쩍 보일 듯해 마사무네는 가볍게 긴장했다.

무츠미는 수건을 가볍게 물에 담갔다가 마사무네의 얼굴을 보면서 소녀의 손을 가볍게 여러 번 문지르고 다른 수건을 건넸다. 똑같이 하라는 소리였다.

마사무네는 시키는 대로 소녀의 등에 수건을 댔으나 바로 팔과 허리까지 만질 용기는 없었다. 빈틈없이 매끄럽고 부드러운 소녀의 몸을 문지르기에는 수건이 너무 거친 듯했다.

제철소 밖으로 나왔을 때는 이미 저녁노을은 짙은 푸른색으로 변해 있었다.

이곳에 오기 전까지 붉게 물들어 열을 내던 희미한 기대 같은 게 완전히 날아가 버린, 마사무네의 마음을 대변하는 듯한 하늘이었다.

"왜 그렇게 부루퉁해?"

마사무네는 원망스러운 눈빛으로 고개를 들었다. 누군가의 목욕을 도운 경험도 없고 게다가 소녀의 피부를 만진 경험도 없었다. 그래서 온몸이 속속들이 피곤했다.

"쟤 냄새 진짜 충격적이지?"

여전히 콧구멍 속에 달라붙어 있는 소녀의 냄새는 숨이 턱 막혔으나 불쾌하다기보다 어딘가 사람을 끌어들이는 향기라는 느낌도 들었다.

"아무리 씻겨도 저 냄새가 나. 동물은 키워본 적 없는데 짐승이란 게 저런가 싶어."

무츠미는 걸음을 멈추지 않고 손바닥을 코 앞에서 살랑살랑 흔들었다.

"화요일과 금요일. 일주일에 두 번이야. 밥을 먹이고 목욕시켜."

그때 재규어 한 대가 제철소 주차장 쪽에서 와서 둘을 그대로 지나쳐 시내 쪽으로 갔다. 제철소에서 가장 유명한 사가미 마모루가 운전석에 앉아 있는 게 보였다.

"나를 본 척도 안 해."

번뜩이는 눈과 굽은 등이 특징인 사가미와 무츠미는 전혀 닮지 않아서 부녀지간으로 보이지 않았다.

"저 사람이 시켰어?"

무츠미는 대답하는 대신 질문을 던졌다.

"비밀을 알고 도망칠 마사무네는 아니지?"

"왜 갑자기 이름을 부르고 난리야?"

"너도 나를 무츠미라고 불러."

무츠미는 멈춰 서서 가볍게 마사무네의 얼굴을 들여다봤다. 마사무네의 어깨가 출렁 흔들렸다.

"너 내 이름, 무슨 한자 쓰는지 알아? 여섯 개(六)의 죄(罪)라서 무츠미야."

"거짓말하지 마. '화목'할 때 '목(睦)'에 '현실'할 때 '실(實)'이 잖아."

"으응. 너 나한테 관심 있구나?"

마사무네의 얼굴이 순식간에 붉어졌다. 한마디 되받아치려 다가 제 무덤을 팔 것 같아 말았다. 그때 무츠미가 조용히 읊조 렸다.

"늑대 소녀. 그건 쟤가 아니라 나야."

"응?" 마사무네는 놀라고 말았다. 무츠미는 입가를 살짝 일그 러뜨려 웃음처럼 보이는 입 모양을 만들었다.

"난 거짓말만 하는 늑대 소녀야."

- I -

어두운 실내에 부엉이 벽시계의 추가 규칙적으로 움직이는 소리만 울렸다.

마사무네는 실내등을 켤 여유도 없어 달빛만을 의지해 노트에 그림을 그리고 있었다.

이런 세계이니, 아무리 기묘한 일을 겪더라도 이상할 건 없지. 그런데도 제철소에서 겪은 일의 충격으로 집에 돌아와서도 한동안 넋을 놓고 있었다.

사가미 무츠미와 닮은 소녀가 제철소 용광로에 갇혀 있다. 제대로 말도 하지 못하는 늑대 같은 소녀. 그 일의 충격도 컸으나 그보다 더 큰 충격은 또래 이성의 알몸을 봤다는 것이다.

자연스럽게 손이 움직였다. 따뜻한 수증기가 창으로 슬쩍 스며든 햇살에 흔들리고 욕조의 수면에는 소녀의 새하얀 피부가 비친다……

하늘이 갈라진 그날. 제철소 사고가 일어나고 얼마나 시간이 흘렀을까. 어쩌면 마사무네는 이미 여성의 피부를 자연스럽게 만지고 결혼했어도 이상할 게 없는 나이가 되었을지도 모른다. 하지만 여전히 창밖은 겨울이다. 학교 수업과 노동 시간이라는 이유로 요일을 세는 건 허락되었으나 정확한 의미에서 날짜를 헤아리는 일은 금지되었다. 시청 시민생활과 직원만 날짜를 헤아릴 수 있으나 발설해서는 안 된다.

반 친구 중 몰래 날짜를 계산한 녀석이 있었는데 언제부터인가 학교에 오지 않았다. 모두 예상했고 어렴풋이 알아차리고 있었다. 지나간 시간이 구체적으로 드러났을 때 마음의 평온이 유지될 수 있을지는 모를 일이다.

정신을 차려보니 소녀의 알몸을 그리던 마사무네의 손은 소녀 뒤에 무츠미를 그리고 있었다. 물에 담근 수건으로 소녀의 몸을 닦는 무츠미의, 우울하면서도 어딘가 도전적인 눈동자가, 슬쩍 마사무네를 본 듯했다.

"마사무네!"

마사무네는 자기를 부르는 소리에 퍼뜩 정신을 차리고 황급히 그림을 찢었다. 자신을 부른 어머니 미사토가 계단 아래에서 소리쳤다. "할아버지 좀 모셔다드려. 8시까지 방재회 회의 가셔야 해!"

마사무네는 얼른 노트를 찢어 힘껏 구겼다.

"알았어요. 잠깐만요!"

쓰레기통에 던져 놓고 방을 나오려다가 아무래도 마음에 걸려 재빨리 쓰레기통에 버린 구긴 종이를 회수해 누가 봐도 문제없도록 더 잘게 찢었다. "마사무네?!" 재촉하는 미사토의 목소리에 마사무네는 손을 멈추고 외쳤다.

"잠깐만요!"

계단을 내려가니 현관 바닥에 소지가 앉아 기다리고 있었다. 거실 밖으로 나와도 역시 장식품 같다. "잠깐만요!" 마사무네는 다시, 이번에는 혼잣말처럼 중얼거리고 빠르게 밖으로 나왔다.

차가운 밤공기 속에서 마사무네는 정원에 세워둔 경차 문을 열고 홀쩍 운전석에 올라타 익숙한 손놀림으로 시동을 걸고 문을 연 다음 현관에서 나온 소지에게 말을 걸었다. "타세요."

여기 미후세에 갇힌 마사무네와 다른 사람들은 '변하지 않을 것'을 강요당했다.

원래 세계로 돌아갔을 때를 위해. 다시 시간이 평범하게 흘러가게 되었을 때 이전과 자신이 달라져 있으면 뭔가 또 다른 왜곡이 생길지도 모른다.

그래서 시는 자기 확인표를 작성하고 날짜 같은 건 최대한 세지 않고 인간관계도 바꾸지 않게 하고, 최대한 변하지 않도록 하라는 방침을 세우고 통제했다.

하지만 그건 너무나 불공평한 일이라는 의견이 나왔다. 어른이 되기 전에 이 세계를 맞은 아이들에게 너무 불공평한 조치가 아니냐. 완벽한 성인이 되었다고 판단되면 '어른의 권리'를 하나쯤 부여해도 괜찮지 않냐고. 물론 결혼이나 출산처럼 인간관계를 크게 바꾸는 일이 아니어야 한다는 대전제는 존재했지만.

정확한 생년월일은 알려주지 않았으나 시민생활과의 고지에 따라 '성인에 해당하는' 아이들에게 협의의 장이 마련되었다. 다수결을 통해 담배, 파친코 등 어른이 되어야 할 수 있는 일 가운데 무엇을 원할지 결정했다.

마사무네가 운전하는 차가 국도를 달렸다.

"저한테 허용된 어른의 권리는 자동차 운전뿐이네요."

"시골에서는 차 없으면 아무것도 못 해."

"차가 있어도 아무것도 못 해요."

붉은 신호가 오늘따라 유난히 칙칙하게 보여 깜빡이를 켜는 게 살짝 늦었는데 뒤따라오던 차가 경적을 울렸다. 백미러로 보니 운전자는 마사무네보다 더 어린 초등학생처럼 보였다.

저런 어린애마저 어른의 권리가 있다니, 도대체 몇 년이 흐른 걸까. 마사무네는 이런 생각을 언제나 의식적으로 멀리했다. 그렇지 않으면 제정신을 유지할 수 없었다.

하지만 오늘은 평소 봉인해 둔 생각이 너무나 쉽게 진흙 발로 쳐들어왔다. 그 소녀를 만났기 때문일까.

그 수수께끼 소녀는 어떤 권리를 받았을까?

공회당 입구에는 『미후세시 자주 방재회』라는 간판이 걸려 있었다.

회의실 화이트보드 앞에는 시청 직원과 공장 작업원이 몇 명 있었는데 모인 사람은 대부분 노인이었다.

"아. 타치바나 히토시입니다. 나이는, 아, 여든인가, 아흔인가?"

참가해 귤을 먹고 있던 노인들에게서 와락 웃음이 일었다.

"노망났나?"

"변화다, 변화야! 저 녀석을 잡아!"

마사무네는 화이트보드가 보이는 자리에 할아버지를 앉히고 자신은 뒤로 돌아갔다. 그곳에는 센바가 있었다.

"너도 왔냐?"

"응. 귤 가져왔어."

화이트보드에는 『정기적으로 자기 확인을』이라는 글자가 적혀 있었다. 소지는 자기 차례가 되자 억양 없는 목소리로 말했다.

"기쿠이리 소지. 74세. 배우자는 없습니다. 취미도 없고 요통이 있습니다."

모두가 적당히 모임에 참가하고 있는데 발언자를 물끄러미 바라보고 때로는 열심히 메모하는 젊은 여성이 있었다. 임신 중인지 옆에 빈 유모차를 놓고 있다. 마사무네가 소지를 데리고 이곳에 오면 늘 보는 단골이다.

"여러분, 잘 들으세요. 세상이 원래대로 돌아왔을 때 이전의 자신과 다르면 문제가 생깁니다. 그래서 이전과 달라진 게 있는지 정기적으로 확인하는 거예요. 조금이라도 달라진 게 있다면 바로잡도록 합니다."

마사무네는 센바에게 슬쩍 눈길을 보내 살금살금 회의실을 떠났다.

쿵, 자판기에서 캔 커피가 떨어졌다.

"마사무네, 라디오 들어?"

짙은 어둠 때문에 오히려 별빛이 밝았다. 마사무네는 공회당 주차장에서 커피 캔을 땄는데 엄지에 튀어 살짝 끈적였다.

"아니, 맨날 똑같잖아. 사연도 시시하고."

"나는 그거 요즘에도 가끔 들어."

센바가 눈을 살짝 가늘게 뜨며 중얼거렸다.

"그 DJ, 대답 안 하고 노래 틀잖아? 그게 무슨 뜻일까 하고 계속 듣다 보니까 나도 DJ가 되고 싶어졌어."

마사무네는 그때 라디오에서 흘러나왔던 곡을 바로 떠올렸다. 내내 마음에 걸렸다. 제목이 『신이 내려오는 밤』이었으니까.

"근데 넌 사람들 앞에 나서는 거 잘 못 할 것 같은데."

"맞아. 이런 일이 없었다면 절대 못 가졌을 꿈이지. 하지만 우린 달라지면 안 되니까 자기 확인표에는 '가업을 잇는 것'이라고 써."

센바는 목소리가 높은 여학생처럼 선이 고운데 마사무네는 그를 남자답다고 생각했다. 다른 동급생들에 비해 뭔가 멀리 내다보는 듯한 느낌이 들었기 때문이다. 그리고 어쩐지 아키무네와도 닮은 듯했다.

그때 달그락달그락, 바퀴 구르는 소리가 들리더니 공회당 입구에서 조금 전 임산부가 나왔다. 밀고 있는 빈 유모차는 아랫단이 짐칸처럼 되어 있었고 숄더백이 걸려 있었다. 임산부는 앞을 보지 않고 아래만 보며 사라졌다.

"야마자키 아저씨 아내야. 드디어 아기가 생겼다고 엄청 좋아하셨어. 근데 아이가 태어나기 전에 이렇게 돼버렸지. 배 속에 아기가 있는 채로."

시골의 장남에게 시집온 저 임산부는 오랫동안 아이가 생기지 않아 구박당했다. 시어머니가 이웃에 불평하고 다녀 센바 같은 어린애도 소문을 알고 있었다. 그러다가 드디어 임신해 출산 순간만을 손꼽아 기다리던 중에 시간이 멈추고 말았다.

헤아리는 게 금지될 정도의 긴 세월을 뱃속 내 아이의 심장 소리만 느끼며 살아야 한다.

"여기서 나가면 아기를 만나게 될 거야."

마사무네는 자기도 모르게 그렇게 말했다. 소리 내어 말하지 않으면 공포로 소리를 지를 것 같았기 때문이다. 정말 여기서 나갈 수 있을지는 모르지만, 그렇게 믿을 수밖에 없었다. "응." 센바도 가볍게 고개를 끄덕였다.

마사무네가 고개를 드니, 시커먼 어둠에 실루엣만 떠오른 제철소가 보였다.

저곳에 그 소녀가 갇혀 있다. 이름조차 불리는 일 없이 요강에 용변을 보고 정해진 날에만 목욕하며.

자신들도 여기 미후세에서 나갈 수 없을 테지만, 그 소녀는 우리보다 더 궁지에 몰려 있다.

"왜 걔는 그렇게 웃을 수 있을까?"

"응?"

"아, 아냐."

사가미 무츠미는 자신을 '늑대 소녀'라고 말했다.

늑대 소년 이야기. 양치기 소년은 작은 마을에서 "늑대가 왔다!"라고 거짓말로 소리쳤고 어른들이 놀라 우왕좌왕하는 모습을 즐겼다. 하지만 곧 거짓말은 들통났다. 아무도 소년의 거짓말을 믿지 않게 되었을 무렵, 정말 늑대가 나타났다. 소년은 "늑대가 왔다!"라고 소리쳤으나 아무도 도우러 오지 않았다.

결국은 늑대에 잡아 먹혀…….

"......"

마사무네는 깜짝 놀랐다. 그 소녀가 무츠미의 가냘픈 어깨를 물어뜯는 장면이 떠올랐던 것이었다.

상상 속 무츠미는 소녀보다 더 하얀 피부였고 붉은 꽃이 흩어졌다.

소지를 데리고 집에 온 마사무네는 완전히 지치고 말았다.

목욕할 기운도 없어, 열린 장지문으로 어두운 자기 방에 들어가 불도 켜지 않고 라디오에 손을 댔다. 그 라디오가 계속되고 있을지 궁금해 켜보니 졸린 환경 음악만이 흘러나왔다.

이 세계가 되고 나서 TV에서도, 라디오에서도 전혀 새로운 프로그램이 방송되지 않았다.

몇 개의 방송이 계속 재방송될 뿐이다. 할아버지가 자주 보는 형사 드라마는 거의 같은 에피소드를 계속 방영하고 있다. 범인을 고발하기 직전 장면에서 그 에피소드가 끝나는 바람에 여전히 범인을 모르는 상태다.

광고도 마찬가지다. 너무 익숙해져 지루한 상품이 신상품이라고 요란을 떤다.

물론 지겹고 지긋지긋하다. 하지만 아무렇지 않게 본다. 마음에 남지 않기 때문이다. 내용은 기억하는데 마음에 또렷하게 남지 않는다. 뇌에 아주 얇은 막이 씌워진 듯한 느낌이다.

마사무네는 바닥에 아무렇게나 던져둔 배틀 만화 연재 잡지를 들고 침대에서 빈둥댔다. 이것도 이야기가 더 진행되는 일은 없으나 그냥 받아들이고 있었다. 꽤 오래전에는 다음 이야기가 궁금해 미칠 지경이었는데 점점 개의치 않게 되었다.

결국은 모든 게 애매해졌다.

그때 오토바이 엔진 소리가 울렸다. 토키무네가 온 것이다.

마사무네는 멍하니 그 소리가 멀어지던 그날을 떠올렸다. 이 기억은 여전히 또렷하다. 아버지 아키무네가 지금의 마사무네와 마찬가지로 침대에서 이 만화 잡지를 읽고 있었다.

"철학 비밀 에네르게이아? 너무하네."

아키무네는 과거, 미후세 출신으로는 드물게 지방의 작은 사립대학에 다녔다. 그곳에서 전공은 아니었으나 잠시 철학을 배웠다고 하는데 그게 지금 생활에 도움이 되는 것처럼 보이지는 않았다.

"에네르게이아란 말이야, 인간의 고유한 행위야. 시작부터 끝까지 걸리는 시간은 무시하고 행위와 목적이 일치하는 지금 이 순간을 사는 거지. 이 주인공의 행동은 실은 무척 키네시스적이야. 그러니까……."

아버지가 수다스러워질 때는 틀림없이 뭔가 마음에 걸리는 게 있을 때다. 그 사실을 눈치챈 아들은 가볍게 아버지의 '농땡이'를 책망하는 목소리로 이야기를 막았다.

"삼촌이 데리러 오기까지 했는데 언제까지 쉬실 거예요?"

"어차피 아무 일도 안 하는데 뭐. 일하는 척만 계속하는 것도 이제 지긋지긋해."

"영원히 도망칠 수는 없어요."

마사무네의 엄격한 말에 아키무네는 가볍게 쓴웃음을 지었다.

"난 평생 도망 다녔어. 예전엔 대학에서 도망쳐 중퇴했지. 네 엄마한테서도 도망쳤는데 미후세까지 날 쫓아왔어. 그리고 마사무네가 생겼다는."

"말이 참 그렇네요."

"그래도 그건 후회 안 해. 네 엄마랑 있으면 편해. 너도 재밌는 녀석이고. 하지만 말이야."

아키무네는 뭔가를 잡으려는 듯 형광등 불빛으로 손을 내밀었다.

"이젠 무리야. 더는 도망칠 수 없어."

"사가미 아저씨가 그랬잖아요. 신성한 기계의 분노가 가라앉으면 세상도 원래대로 돌아갈지 몰라요."

아키무네는 대답하지 않고 빈둥대며 커튼을 살짝 열었다. 마사무네는 그 옆얼굴을 보며 아주 살짝 불안을 느꼈으나 아키무네의 말대로 여기서 더 도망칠 데가 없으니까 괜찮다고 생각했다.

하지만, 오랜만에 야간 근무에 나간 아키무네는 그대로 돌아오지 않았다.

－ㅣ－

다음 날 아침. 마사무네가 등교하니 현관에 소노베가 있었다.

무츠미에게 직접 받았는지, 아니면 자기가 직접 찾아냈는지 자기 실내화를 신고 있었다. 어제는 교실에서 울고 있었는데 지금의 옆얼굴에는 밤새 울어 눈이 퉁퉁 붓고 충혈된 느낌은 보이지 않았다.

"돌려받았어?"

"응?"

"네 실내화. 사가미가 신고 있었잖아." 할 말이 없어진 마사무네는 거의 반사적으로 말했다.

"……!"

소노베는 그때 겨우 고개를 돌리고 마사무네를 노려봤다. 소노베의 표정은 날카로웠으나 단단한 몸집임에도 어딘가 든든해 보이지 않았다.

"아무한테도 말하지 마."

"말 안 해. 하지만 그래도 괜찮아?"

"나는 무츠미를 이길 수 없으니까."

"이기지 못하다니, 무슨 소리야?"

소노베는 살짝 고개를 떨궜다. 목덜미에 있는 커다란 점이 드러났다.

"모두 무츠미를 좋아해. 아니, 아무도 싫어하는 사람이 없다고 해야 맞나? 아주 좋아하는 것도 아니지만 미워하는 사람이 전혀 없어. 나는 싫어하는 사람이 좀 있는 편이라 다들 무츠미의 편이라고 생각해."

"하지만 너는 사가미를 싫어했잖아. 그래서 그런 짓을."

"아냐. 싫어한 게 아니야."

소노베는 우물거리며 필사적으로 단어를 고르는 듯했다.

"하지만 왠지 걔랑 있으면 마음이 초조해진다고 해야 하나. 도무지 잘 모르겠는데 나, 그 애를 보면……."

소노베의 이야기를 차단하듯 종종걸음으로 달려오는 발소리가 들렸다.

"소노베, 안녕!" 무츠미가 밝게 인사를 건넸다.

"안녕!" 소노베는 실망한 표정을 지었으나 바로 가볍게 웃으며 대답했다.

무츠미는 힐끔 마사무네에게 눈길을 던지더니 보란 듯 외면하고 소노베와 걸어갔다.

제철소의 일이 정말 있었던 건지 의심이 들 정도로 거리를 두는 태도였다. 학교에서는 전처럼 지내자는 의사 표시일 것이다.

마사무네도 그러는 편이 좋았다. 방과 후뿐만 아니라 학교에서까지 내내 휘둘리기만 하면 몸이 남아나지 않을 것이다.

점심시간, 뒤뜰에서 사사쿠라의 연애 상담이 이루어졌다.

"하지만, 어른들에게 들키면 큰일 나는 거 아냐?"

자기 확인표에는 가장 바뀌어서는 안 되는 게 인간관계이기 때문에 '호감을 품은 사람' '나쁜 감정을 품은 사람'이라는 칸도 있다. 원래 세계로 돌아갔을 때 상당히 처리하기가 힘들어지므로 결혼과 출산, 고백 등도 절대 안 된다. 그러나 사사쿠라는 그 터부의 아슬아슬한 지점까지 다가가려 하고 있었다.

"딱히 사귀겠다는 것도, 어떻게 하겠다는 것도 아냐. 이렇게 되었으니 그냥 좀 놀고 싶잖아. 안 그래?" 사사쿠라는 주저하며 변명을 늘어놓았다.

"진짜?" "괜찮을까?" 닛타와 센바는 자기 일처럼 흥분해 눈을 반짝이고 있다. 아무래도 변화이기 때문이다.

하지만 이미 지루함을 싹 날려버릴 경험을 한 마사무네에게 는 대단하게 여겨지지 않았다. 어쨌든 현재로서는 남학생들이 무츠미를 포함한 여학생들을 초대해 노래방에 가기로 했다.

"하지만 노래 못 하잖아?"

"그럼 어딜 가자고? 도서관이라도 가자고 할까?"

마사무네는 대화를 대충 흘려듣고 있다가 고개를 들었다.

무츠미가 옥상에 서서 치마를 올리는 대신 턱을 당겼다. 신호 가 상당히 생략되고 말았으나 그게 오히려 안심되기도 했다.

"어딜 가는데?"

"귀찮은 곳." 마사무네는 이미 걸음을 떼면서 일부러 낮은 목 소리로 대답했다.

"아, 너, 당번이었어?" 사사쿠라와 친구들은 착각하고 순순히 보내주었다. 마사무네는 괜히 거짓말하고 싶지 않아서 그냥 입 을 다물었다.

"자, 이거야."

무츠미는 마사무네가 옥상에 도착하자 프린트 몇 장을 겹쳐 만든 책자 같은 걸 내밀었다. 표지에는 '취급설명서'라고 적혀 있었다.

당황하며 펼쳐보니 첫 페이지에 '해선 안 되는 12조항'이라고 적혀 있고 꼼꼼한 소녀의 글씨로 빼곡하게 항목이 나열되어 있다. '지시 없이 만져서는 안 됨', '말을 걸어선 안 됨', '식사 때 채소를 남겨서는 안 됨' 등등.

"이게 뭐야?"

마사무네는 마침 눈이 멈춘 항목에 동요해 목소리를 내고 말았다. 거기에는 이렇게 적혀 있었다. '알몸을 떠올리며 자위해서는 안 됨'.

"당연하잖아?"

"아. 아니, 그보다 여자가 이런 거 쓰지 말라고!"

"어라? 반항하면 말해 버린다?"

"뭘?"

"마사무네에게, 당했다고."

무츠미는 마사무네에게 심란한 말을 가볍게 던지고 미소 지었다. 그 미소가 말의 내용과는 달리 너무나 부드럽고 따뜻해서 마사무네는 화가 치밀었다.

"그런 거짓말, 누가 믿겠냐?"

"다들 믿을 걸. 응. 다 나를 믿겠지."

거짓말투성이 늑대 소녀. 마사무네는 속으로 독설을 퍼부었다. 진짜 늑대 소년은 결국은 아무도 믿어주지 않게 되었다고.

"말을 걸면 안 된다니?"

"그곳에서 나올 수 없는데 괜한 기대를 품으면 불쌍하잖아."

마사무네는 기대라는 말이 왜 나오는지 알 수 없었다. 그런 데 갇혀 있다고 해서 불쌍할 건 하나도 없다고 생각했으나 아무 말도 하지 않았다.

괜히 얘기했다가 조금 전처럼 놀림이나 당할 테니까.

제철소에서는 지난번과 마찬가지로 소녀를 목욕시키는 의식이 이루어지고 있었다.

마사무네는 최대한 평정심을 유지하려고 가능한 한 눈길을 돌리고 초점을 흐릿하게 만든 상태에서 소녀의 몸을 수건으로 닦았다. 하지만 전혀 보지 않고 작업할 수는 없었다. 절대 만져서는 안 될 곳에 자칫 손이 가버리면 큰 문제가 되기 때문이다.

한동안 얌전히 몸을 맡기고 있던 소녀가 갑자기 밖으로 고개를 돌렸는데 이어서 밖에서 사람 목소리 같은 게 들려왔다. 무츠미가 자리에서 일어나 마사무네에게 눈짓으로 '계속해'라고 지시하고 방을 나가는 바람에 둘만 남았다.

한 사람이 자리를 비웠을 뿐인데 방은 너무나 조용해졌다. 지금까지도 전혀 대화하지 않았는데 사람의 기운이라는 게 이토록 수다스러운 것이었나.

마사무네는 당황해 물소리라도 울리게 소녀의 등을 계속 닦았다. 어깨뼈의 움푹 팬 부분에 가볍게 손가락이 닿아 저도 모르게 중얼거렸다. "반질반질하네."

"반질반질" 소녀가 앵무새처럼 따라 했다.

소녀는 생글생글 웃으며 마사무네의 입술을 바라보면서 다음 단어를 기다리는 듯했다. 마사무네가 과감하게 말을 걸려고 할 때 무츠미가 돌아왔다. "별일 아냐." 툭 내뱉고는 다시 작업을 계속했다.

소녀는 그대로 입을 다물고 몇 미터 앞의 바닥을 물끄러미 바라봤다. 마사무네는 그녀의 등을 닦으면서 무츠미에게 물어보려 했다.

말을 안 거는 게 더 불쌍하지 않아?

그러나 역시 말을 꺼내지 못하고 소녀의 어깨만 열심히 문질렀다. 하얀 피부의 그 부분만 살짝 붉게 물들었다.

소녀에게 말을 걸고 싶다, 이것저것 확인하고 싶다. 무츠미 몰래 어떻게 할 수 있지 않을까. 마사무네는 답답한 심정으로 다음 제철소를 찾는 날을 기다렸다.

그런데 드디어 찾아온 금요일에 사건이 일어났다. 무츠미가 학교에 결석한 것이다.

"사가미 집에 이거 갖다 줄 사람?"

종례 시간, 담임의 말에 사사쿠라는 엄청나게 큰 얼굴을 들어 마사무네에게 눈길을 던졌다. 사사쿠라가 하고픈 말은 알겠으나 어떤 표정을 지어야 할지 몰랐다. 바로 그때였다.

"제가 갈게요."

소노베가 일어났다. 평소 친하게 지내는 학생이 나설 것이라 예상했던 터라 담임도 당연한 듯 프린트를 건네며 말했다. "고맙다. 소노베."

"소노베, 나도 같이 갈까? 나 오늘 할 일 없는데."

사사쿠라가 아무도 묻지 않은 말을 떠들면서 소노베에게 말을 걸었다.

"됐어." 그러나 소노베는 굳은 표정으로 대답하고 가방을 들고 걷기 시작했다.

"너, 인기 없는 여자애들은 꼭 귀여운 애들이랑 붙어 다니는 거 알아? 옆에서 뭐라도 건져볼까 하고." 사사쿠라는 홍 콧방귀를 뀌고 마사무네를 돌아보며 얄미운 소리를 내뱉었다. 마사무네는 반사적으로 대답했다.

"그건 아니지 않을까?"

교실을 나가려는 소노베의 등이 가볍게 반응했으나 걸음을 멈추지 않아서 마사무네는 그 반응을 알아차리지 못했다.

실내화를 뺏거나 빼앗기는 관계인 두 사람. 무츠미는 '지루해서 벌어진 일'이라고 했다. 마사무네는 자기가 지금 하는 생각역시 같은 이유일지 모른다고 생각했다. 무츠미의 결석은 내게는 절호의 기회라고.

– | –

마사무네는 일단 집으로 돌아와 차에 탔다. 별다른 이유는 없었으나 검문이라도 당하면 물건을 운반하는 중이었다고 변명할수 있을 것 같았고 재빨리 도망칠 수 있다는 이유도 있었다.

마사무네는 제철소로 가기 전에 오토 스낵에 들렀다.

마사무네는 그 추운 데 있는 소녀에게 조금이라도 따뜻한 음식을 주고 싶었다. 그래서 떠올린 게 자기가 제일 좋아하는 핫샌드위치였다. 나온 은색 포장지를 재킷으로 감아 조금이라도 온기를 유지하려 했다.

제철소에 들어가자 마침 입구 근처에 있던 작업원과 눈이 마주쳤으나 별다른 반응 없이 가버렸다. 딱히 용무가 있어 보이지도 않았고 순찰이라고 하기에도 불충분했다. 제철소가 혼자 움직이고 있다는 사실을 새삼 실감했다.

마사무네는 제5용광로로 들어갔다. 어둠이 지배하는 실내에는 확실히 생기가 있었다. 가볍게 긴장하며 손으로 벽을 더듬어 손가락에 닿은 돌기를 툭 눌렀다.

주위가 갑자기 밝아졌는데 소녀는 이미 기척을 느끼고 동그랗고 투명한 눈동자로 이쪽을 가만히 응시하고 있었다.

"아!"

무츠미가 없다는 걸 깨닫고 의심스럽게 코를 움직이던 소녀는 마사무네의 어색한 미소를 보고는 환한 미소를 지었다.

그 미소에는 불순물이 전혀 없었다. 자신을 따르는 동물에게서 느끼는 달콤하면서도 간질거리는 감정이 마사무네를 완전히 지배했다.

"아, 안녕."

소녀는 웃으며 마사무네를 바라봤다. 마사무네가 다음 행동에 나서지 못하고 있는데 기다리다 지친 듯 소녀가 봉제 인형을 만지기 시작했다.

차가운 콘크리트 용광로 안에서 소녀가 봉제 인형의 팔을 움직이거나 가볍게 당기는 모습은 그것만으로도 봄의 햇살을 받는 듯 따사로웠다.

마사무네는 무작정 여기까지 오기는 했으나 뭘 해야 할지 몰라 일단 품 안의 핫 샌드위치를 꺼냈다. 그러자 소녀가 코를 킁킁거리며 무릎걸음으로 천천히 다가왔다.

마사무네는 가볍게 심장이 뛰는 걸 느끼면서도 별일 아니라는 태도로 말했다.

"이거, 먹을래?"

"음. 머."

확실히 발음하지는 못해도 내 목소리를 듣고 흉내 낼 수 있구나. 마사무네는 황급히 손가락으로 알루미늄 포일을 벗기고 건넸다.

소녀는 미지근해진 핫 샌드위치의 냄새를 맡고 손가락으로 표면을 만졌다. 늑대라기보다 집고양이 같았다. 부드러운 표면을 조그만 혀로 날름 핥고 해가 없다고 판단했는지 가볍게 이를 세웠다. 핫 샌드위치의 맛이 마음에 들었는지 소녀는 바로 한가득 베어 물고 행복한 표정을 지으며 소리 냈다.

"음!"

"그럴 때는 맛있다고 해야 해."

"어? 그럴⋯⋯는 마⋯⋯."

"맛있다."

"마시쩌."

제대로 가르치면 다른 사람처럼 말할 수 있겠다. 소녀는 그저 말하는 게 익숙하지 않은 모양이다.

"있잖아, 너는 누구야? 사가미 무츠미랑 닮았어. 너희 쌍둥이야?"

그러자 소녀는 고개를 휙 들더니 말했다. "미츠미."

"미츠미, 미츠미."

"아, 항상 와서 돌봐주는 여자."

"여자, 미츠미?" 아는지 모르는지 소녀는 계속 말했다. '미츠미', '미츠미'라고 말하는 작업을 성대가 즐기기라도 하는 듯.

"아, 너도 이름이 있어?"

이름까지 없다면 너무 심하다. 마사무네가 훌쩍 고개를 드니 제5용광로의 5라는 글자가 들어왔다. 자세히 보니 이곳에는 여기저기 5라는 숫자가 아주 많았다.

"이즈미(일본어에서 5를 이츠라고 발음해서 붙인 것) 어때?"

"미츠······미츠미, 미츠미! 여자!"

소녀에게는 무도 이도 다 미가 되어 버렸다. 여러 번 반복했으나 여전히 '미츠미'였다.

"그럼 무츠미와 이름이 똑같잖아. 아무래도 다른 이름으로······."

"미츠미!!"

마사무네에게 이즈미로 명명된 소녀는 점점 흥분해 몸을 앞으로 내밀어 마사무네에게 얼굴을 쓱 내밀었다.

"어! 나는 마사무네."

"마사미네! 여자!"

"나는 남자야."

"마사미네, 남자! 미츠미, 여자, 여자, 미츠미!"

이츠미는 기분이 좋은 듯 소리를 지르며 실내를 돌아다녔다. 체력이 남아도는지 계속 점프하며 오가던 이츠미는 그대로 완전히 넋을 놓은 마사무네의 곁을 지나 용광로 안쪽으로 사라졌다.

"어이, 이츠미 씨? 그렇게 불러도 되나? 어이?"

마사무네는 이츠미를 쫓아가려다가 퍼뜩 깨달았다. 난잡하게 쌓인 자재 뒤쪽에 밖으로 이어진 계단이 있었다.

계단을 내려가니 햇살이 들어오는 조그마한 중정이 있었고 작업원은 보이지 않았는데 어딘가 신성한 분위기가 느껴졌다.

이유는 단순했다. 거대한 도리이가 있었기 때문이다. 제철소에 있는 재료로 만들었는지 철로 형태를 만들고 이음새를 나사로 조여 도리이라기보다 예술 작품 같았다.

도리이 근처에 차장이 타는 차량을 연결한 화물 열차가 놓여 있었다.

열차 주위에는 나무가 있고, 차량 자체에도 덩굴식물이 얽혀 있어 무기질의 철과 녹음이 뒤엉켜 독특한 아름다움을 자아냈다.

이 열차는 오랫동안 움직이지 않았겠구나. 마사무네가 열차에 다가가는데 열차 지붕에서 이츠미가 얼굴을 내밀며 말했다. "미츠미 씨, 어이!" 조금 전 마사무네를 흉내 내며 웃고 있다.

"여기가 네 놀이터야?"

"아하하하."

이츠미는 열차 난간을 잡고 철봉처럼 몸을 한 바퀴 돌았다.

"조심해! 야, 이츠미!"

"미츠미, 조심해!"

이츠미는 신이 난 듯 큰 소리로 외치고 하늘을 올려다봤다. 태양을 향해 손을 올리고 손바닥을 가로지르는 혈관을 쳐다봤다. 아주 사소한 것에도 관심을 기울이고 눈을 반짝인다. 내내 어두컴컴한 곳에 갇혀 있었던 탓에 본인에게 빛이 나는 것처럼 보일까. 이런 바보 같은 생각을 진심으로 하게 할 만큼 이츠미는 태양의 기운을 온몸에 두르고 있는 존재였다.

마사무네는 이츠미의 모습을 멀거니 바라보다가 문득 정신을 차리고 가방을 바닥에 내려놓고 필통과 노트를 꺼냈다. 두근거리는 마음으로 펜 뚜껑을 입에 물고 그림을 그리기 시작했다. 이츠미의 자연스러운 모습을 보고 마사무네 안에 들끓던 욕구가 솟구치기 시작한 것이다.

그때 뒤에서 얼빠진 듯한 남자 목소리가 들려왔다.

"어이, 어디 있어?"

마사무네는 갑자기 나타난 사가미에 놀라 이츠미를 부르려 했으나 그럴 시간이 없어서 일단 열차 뒤로 달려가 몸을 숨겼다.

"아, 있다, 있어. 아하, 또 이렇게 컸네. 애 큰 것 좀 봐요. 보세요. 거의 완성이에요. 여자가 다 됐어요!"

사가미는 잔뜩 흥분해서 같이 온 토키무네에게 말을 걸었다. 상당히 기분이 좋아 보였는데 이츠미가 성장한 모습을 기뻐하는 게 아니라 어디까지나 토키무네에게 싸구려 우정을 어필하는 듯 느껴졌다. 그 증거로 이츠미가 조용히 다가가니 손을 절레절레 흔들며 말했다. "더 가까이 오면 안 돼. 그러다 나한테 반하면 큰일 나."

이츠미는 열차 뒤에 숨은 마사무네에게 눈길을 던졌다. 마사무네가 당황해 고개를 격렬하게 흔들자, 이츠미는 분위기를 파악했는지 고개를 휙 돌렸다.

"무츠미는 없나? 그 여자, 제대로 돌보고 있는 것 같군."

마사무네는 딸 사가미 무츠미를 '그 여자'라고 부르는 사가미에게 격렬한 위화감을 느꼈다. 토키무네도 의아한 눈빛이었다.

"사가미 씨, 다른 방법은 없을까요? 이 애를 여기에 가두는 거 말고요"

"뭐라고요? 신성한 기계가 많은 난관을 뚫고 불러들인 애입니다. 이 애는 신의 여자가 될 운명이라고요!"

사가미는 어리둥절한 표정의 이츠미를 가리키며 뒤집힌 목소리로 말했다.

"이 애가 있으면 언젠가 신성한 기계에 용서받을 날이 올지도 몰라요. 그런데도!"

그때 토키무네가 그의 말을 막고 나섰다.

"형이 살아 있다면 이 상황을 어떻게 생각할까요?"

갑자기 아키무네가 대화에 등장해 마사무네는 가볍게 긴장했다. 사가미는 진저리를 내며 토키무네를 노려봤다.

"아키무네 씨는 판단력을 잃었습니다. 아까워 죽겠어요. 내 오른팔로 삼았는데."

그리고 질책하듯 토키무네를 힐끔 곁눈질로 보며 내뱉었다.

"이 세계에서는 내 말을 따르는 게 좋습니다. 날 실망시키지 마세요. 토키무네 군."

사가미가 먼저 걷기 시작하자 토키무네도 떨떠름한 표정으로 뒤를 따랐다. 그리고 이츠미를 향해 휙 양배추타로라는 과자를 던졌다.

이츠미는 깍깍대며 받아 들고 봉투를 물어뜯었다. 마사무네는 낮게 중얼거렸다.

"저게 뭐야?"

제철소에서 돌아오는 길, 해는 완전히 저물어 있었다.

마사무네는 허락된 어른의 권리가 운전이라는 사실에 처음으로 감사했다. 액셀을 밟기만 해도 풍경이 마음대로 바뀌는 게 너무 많은 일이 벌어져 혼란스러운 지금 심정에는 위안이 되었다. 정지하지 않고 모든 게 적당히 흘러가는 풍경이.

마사무네가 차로 다리를 건넜을 때 공터가 많은 언저리에서 익숙한 등이 보여 차를 세우고 말을 걸었다.

"소노베?"

여자치고는 꽤 큰 등을 지닌 소노베가 깜짝 놀라며 마사무네를 돌아봤는데 그 표정에는 완연한 혐오감이 떠올라 있었다.

"왜 그래? 프린트는 내가 가져다준다고 했잖아."

"프린트?"

마사무네가 어리둥절한 표정을 짓자마자 소노베의 어깨에서 힘이 빠졌다.

"저기가 무츠미의 집이야. 무츠미, 없어. 거짓말이었어. 그냥 수업 빼먹은 거야."

무츠미의 집은 거대한 주차장 안에 있었다. 주차장이라고 해도 풀이 무성하게 자라 있었는데 띄엄띄엄 삼각 폴이 놓여 있어서 그렇게 여겨질 뿐이다. 버려진 폐차 창문에 낙서가 되어 있었다.

그 뒤에 있는 단층 연립 주택 같은 게 무츠미의 집이었다.

마사무네는 이유도 없이 동요했다. 사가미의 집이라고 하면 작은 신사라고 해도 제철소에서 내내 신사 업무를 맡은 유서 깊은 가문일 텐데. 무엇보다 무츠미가 풍기는 분위기를 보며 그냥 부자일 줄 알았다.

소노베도 그의 생각을 알아차렸는지 살짝 심술 굳은 목소리로 내뱉었다.

"무츠미는 의붓딸이야."

"소노베, 너……." 마사무네가 혐오감을 느끼며 비난 섞인 목소리로 중얼거렸다.

"사가미 가문은 후사를 원했어."

두 사람이 깜짝 놀라 돌아보니 손에 양동이를 든 사복 차림의 무츠미가 서 있었다. 교복 치마보다 훨씬 짧은 미니스커트에 검은 스타킹. 이 집과 마찬가지로 좀 더 귀한 집 아가씨 같은 복장을 상상했던 마사무네는 가볍게 동요했다.

"하지만 그 아저씨는 여자에게 관심이 없었지. 그래서 사가미 가족은 애 딸린 우리 엄마를 고른 거야. 하지만 이 세계에서는 후사 같은 건 필요 없으니까 그래서 쫓겨났어."

"어, 말도 안 돼, 무츠미."

마사무네는 저도 모르게 소리쳤고 소노베는 눈을 동그랗게 떴다. 그것은 마사무네가 맛본 놀라움과는 전혀 다른 종류였다.

"무츠미?"

"어?"

"이름을 부르네. 역시 둘이 그렇구나."

"뭐가 그렇다는 거야?"

소노베는 아무 말 없이 그 자리를 떴고 무츠미는 어이없는 표정으로 마사무네를 바라봤다.

"아, 정말."

"내가 뭘 잘못했다고?"

"차 있으면 데려다줘. 네 잘못이니까."

마사무네는 반론하려 했으나 선향과 라이터, 걸레가 들어 있는 양동이를 든 무츠미의 모습을 보고 그만뒀다. 그게 아무래도 오늘 결석의 이유일 것이다.

마사무네가 차로 돌아왔을 때 소노베는 앞쪽에서 걷고 있었다. 그 걸음이 아주 느려 마치 마사무네가 쫓아오기를 기다리는 듯했다.

차에 타 시동을 걸자, 소노베의 등이 살짝 반응했다. 뭐라고 말을 걸어야 할지 곰곰이 생각했는데 천천히 소노베의 곁으로 가 브레이크를 잡으니 소노베도 걸음을 멈췄다.

"아, 그러니까, 탈래?"

소노베의 눈동자 속에 빛이 감돌았다. 가볍게 끄덕이고 조수석 문을 열고 안으로 들어왔다.

마사무네가 여자와 단둘이 차에 타는 일은 처음이었다.

어쩐지 어색해 라디오를 켜려고 했다. 마침「만약 고등학교에 붙으면」으로 시작되는 그 바보 같은 라디오가 흘러나와서 스위치를 껐다.

제철소 불빛이 여기까지는 닿아서 주변의 어둠은 오렌지색으로 물들어 있었다. 소노베는 창밖을 멍하니 바라보며 중얼거렸다.

"싫다거나 그런 건 아니야."

소노베는 가방을 가슴에 안고 말했다.

"하지만 왠지 개랑 있으면 초조한 기분이 들어."

그건 나도 마찬가지야. 마사무네는 생각했다.

– | –

일요일. 토키무네는 언제나 오전에 찾아와 툇마루 앞에서 담배를 문 채 오토바이를 정비했다. 아키무네가 있을 때도 두 달에 한 번쯤 왔는데 점점 자주 오더니 요즘에는 매주 저러고 있다.

부엌에 가니 미사토가 달걀노른자와 농축 우유를 휘저어 거품을 내고 있었다. 케이크라도 만들 셈인가. 미사토는 과자 만들기가 취미인데 마사무네도, 소지도 그다지 단 걸 좋아하지 않기 때문에, 토키무네가 오는 일요일에 늘 뭔가를 만들었다.

"베이킹은 스트레스 해소에 도움이 돼. 분량을 정확하게 재고 순서만 지키면 금방 능숙해지지. 흔들림이 없는 그런 부분이 좋아."

전에는 단 걸 좋아한 아키무네를 위해 자주 과자를 만들었는데 아키무네가 사라진 뒤로는 한동안 아무것도 만들지 않았다. 그런데 토키무네가 오면서 그를 실험대 삼아 재개한 것이다.

미사토는 손을 움직이면서 낯선 콧노래를 흥얼거렸다. 자연스레 미사토의 손을 봤는데 이제까지 휘저은 액체를 커피에 붓고 있다.

"어? 그걸로 완성이야?"

"응, 맞아. 토키무네에게 갖다줘."

마사무네가 쟁반에 의문의 음료수를 올리고 거실을 통과해 툇마루로 나오자, 토키무네도 콧노래를 흥얼거리며 오토바이를 만지고 있었다. 마사무네는 그 콧노래가 미사토가 흥얼거린 노래와 똑같다는 사실을 알아차렸다. 우연일까, 아니면 듣다가 따라 부르게 된 걸까. 어느 쪽이든 좀 불쾌해서 마사무네는 미간을 찌푸렸다.

"삼촌, 차."

컵이 놓인 쟁반을 툇마루에 놓았다.

"땡큐. 와! 에그 커피잖아!"

토키무네가 작업을 멈추고 신나게 한 모금 커피를 마시더니 요란을 떨었다. "아, 달아! 맞아, 이거야, 이거!" 틀림없이 부엌의 미사토도 이 목소리를 들었을 것이다.

"베트남으로 여행 갔던 우리 선배가 완전히 빠져서. 아파트에 갈 때마다 자주 만들어줬어."

토키무네가 말하는 '우리'는 토키무네와 미사토를 가리켰다. 둘은 대학 동기다.

언젠가 술을 마시면서 토키무네가 말한 적 있다. 미사토가 자기 하숙집에 놀러 왔을 때 마침 저녁을 얻어먹으러 온 아키무네와 만났다고. 그래서 자기도 모르게 두 사람의 큐피트 노릇을 했다고……

"그립네. 맛있다."

마사무네는 평온한 미소를 짓는 토키무네에게 짜증이 일었다.

자기는 추억을 곱씹으며 즐기고 있으면서 한편으로는 이츠미가 새로운 추억을 만들 기회를 빼앗고 있다. 토키무네는 주도하지 않았더라도 공범이다. 제철소 전체가 이츠미를 가둬두고 있는 거라면 도대체 공범이 몇 명이란 말인가. 미사토도 신용할 수 없다.

미후세는 거짓말쟁이 늑대 소년들투성이일지 모른다.

"삼촌. 제5용광로에서 일하는 거……"

"응?"

마사무네는 말을 걸다가 입을 다물었다. 판도라의 상자를 여는 질문을 던지는 순간 이츠미가 더 지독한 상황에 놓이게 되면 어떡하나.

마사무네는 질문을 기다리는 토키무네에게 조용히 말했다.

"우리 엄마를 노리고 있는 거야?"

"풋!" 토키무네는 갑자기 커피를 내뿜었다. 너무나 고전적으로 동요하는 삼촌의 모습에 마사무네의 가슴이 살짝 아려왔다.

– | –

그 후로도 무츠미는 학교에서 작위적인 미소를 지었고 마사무네에게는 대체로 모르는 척하는 태도로 일관했다. 그래도 다른 학생이 보지 않을 때 눈이 마주치면 흥 콧방귀를 뀌거나 예의 차가운 눈동자를 보여주었다.

이상하게도 마사무네는 그 차가움이 오히려 친근감의 표현으로 느껴졌다.

그리고 화요일과 금요일의 제철소 방문을 통해 무츠미의 다른 얼굴도 보게 되었다. 어른스러워 보이고 뭔가를 감추는 듯 보이는 무츠미에게 사실은 심술 궂고 오만한 부분이 있음을. 하지만 함께 작업하며 느낀 점은 그녀가 매우 성실하다는 것이다.

이츠미의 배설물이나 냄새를 놓고 무례한 말을 수없이 내뱉지만 실제로는 더러운 것들을 꺼리지 않았고 빨래나 청소도 깔끔하게 했다. 지금까지 혼자 이츠미를 알뜰히 돌봐왔음을 알 수 있었다.

음식도 마찬가지였다. 적당히 근처에서 사 오는 줄 알았는데 이츠미가 좋아하는 걸 완벽하게 파악하고 있었고 또 나름대로 영양도 고려하는 듯했다.

이츠미를 돌보는 데 마사무네를 데려온 것은 자기가 편해지려는 게 아니라 정말 힘에 부쳤기 때문이었다. 무츠미가 자신을 데려올 때 한 말에 거짓은 없었다. 마사무네는 점차 무츠미도 피해자일지 모른다고 생각하기 시작했다.

그래도 궁금점은 있었다. 무츠미는 이츠미에게 거의 말을 걸지 않았다. 전에 "괜히 기대하면 불쌍하잖아"라고 말했는데 이츠미도 무츠미가 말을 걸어주기를 바라는 것 같지 않았다. 그토록 순진무구한 미소를 보여주는 이즈미가 무츠미가 있으면 뭐가 싫은지 굳은 표정을 짓고 눈길 교환조차 거의 하지 않았다.

이즈미는 무츠미가 볼 때는 마사무네에게도 쌀쌀맞게 대했다. 자유로운 짐승처럼 보였는데 아무래도 분위기는 파악하는 듯하다.

행동의 자유를 빼앗겼을 뿐만 아니라 정신의 자유마저 빼앗겼다. 마사무네는 온갖 일에 분노가 들끓었다. 토키무네와 사가미에게……. 하지만 무츠미에게는 그리 화가 나지 않았다. 불운한 처지를 알게 되어 대하기 편해졌나.

마사무네는 여전히 이즈미를 씻길 때 똑바로 보지 못하고 있었다. 그래도 조금 익숙해져서 그런지 전처럼 눈길을 돌리고 시야를 다른 데 두는 성가신 짓을 하면서도 실수로 이상한 곳을 만지는 일은 없어졌다.

그런데도 그저 이즈미의 몸에서 고개를 돌리고 묵묵히 씻긴다. 그러면 필연적으로 같은 작업을 하는 무츠미의 어깨나 손, 건너편에 있는 속눈썹을 보게 된다.

욕조에서 무럭무럭 피어오르는 수증기 속에서 무츠미라는 소녀는 한없이 섬세하다는 사실을 마사무네는 가슴 깊이 느꼈다.

마사무네는 무츠미와 올 때 말고 매주 토요일 방과 후에 혼자 몰래 제철소를 찾았다. 학교에서 일단 집으로 돌아가 사복으로 갈아입고 차에 짐을 싣는다. 오늘은 그림책이다. 마사무네가 어릴 때 읽은 책을 벽장에서 꺼내왔다.

이츠미에게 가져다주는 물건을 제철소에 그냥 두면 무츠미에게 들키고 만다. 취급설명서의 규칙을 깨면 어떤 벌칙이 있을지 모른다. 그러므로 가지고 갔다가 다시 가져오는 게 제일 좋은 방법이라 차가 필수였다.

그날, 마사무네가 제5용광로 문을 열었을 때 "아아아아앙!"이라며 느닷없이 울부짖으며 이츠미가 그의 품에 뛰어들었다.

"아, 아아아아앙!!"

뱃속에 담겨 있던 감정을 어떻게 표현해야 모르는 듯한 신음 같은 외침이었다.

"왜 그래?"

이츠미는 꼭 쥐고 있던 주먹을 펼쳐 마사무네에게 손바닥을 보여줬다.

손에는 언젠가 본 나비가 뭉개져 있었다. 이츠미의 손가락에 나비의 몸에서 떨어져 나온 가루가 묻어 은은한 빛을 내고 있었다.

"잡으려고 했어? 그러다가 너무 꽉 잡아서 죽었구나."

"시, 싫어. 싫어. 죽는 거, 싫어."

이츠미의 얼굴은 눈물로 온통 젖어 있었다. 죽음에 대한 개념은 가지고 있는 듯하다. 마사무네는 이츠미의 머리를 쓰다듬었다.

"괜찮아. 괜찮다니까. 틀림없이 이미 쇠약했을 거야."

"흐……흐흑."

"나비는 원래, 겨울에는 살지 못해."

마사무네의 마음도 이상하게 불안정해졌다. 원래 겨울에는 살 수 없는 존재가 왜 이곳에 있었을까. 우연이었을까.

"이거 봐."

그림책을 건네자, 이츠미는 젖은 눈을 들었다.

이츠미는 그림책을 읽으면서도 한동안 코를 훌쩍였으나 점차 기분이 좋아져 "깨비, 깨비, 도깨비!"라며 그림책을 쓰다듬기 시작했다. 글자도 조금 읽는 듯 눈으로 열심히 글을 보고 있다.

마사무네는 그런 이츠미 옆에서 스케치북을 꺼냈다.

그림 그리기는 원래 좋아했는데 좋아하면 좋아할수록 점점 안타까운 마음이 들었다. 하지만 호기심 가득한 이츠미를 그릴 때만큼은 다른 생각 없이 진심으로 즐길 수 있었다.

그때 이츠미가 "에취!" 하며 재채기했다. 아무래도 추운 모양이다. 마사무네는 "특이하네"라고 중얼거리고 바닥에 떨어져 있던 카디건을 들었다. 미후세에서는 추위에 재채기하는 사람을 본 적 없다.

"자……. 이거 직접 뜬 거네."

굵은 실로 짜서 잘 알아볼 수 없었으나 솜씨가 형편없었다. 코가 몇 개 튀어나와 있고 털도 뭉쳐 있는데 그래도 대충 뜬 게 아니라 상당히 공들인 흔적이 남아 있었다.

"미츠미, 줬어."

이츠미는 자애로운, 성모와 같은 미소를 지었다.

"그러니까 이렇게 허접하지."

이츠미는 화난 표정을 짓더니 마사무네의 손에서 카디건을 빼앗아 소중하게 안았다. 늘 함께 있는 봉제 인형보다 훨씬 소중한 모양이다.

"난 네가 사가미 무츠미를 싫어하는 줄 알았어. 걔가 있을 땐 말을 잘 안 하잖아."

이츠미는 카디건에 얼굴을 묻은 채 내내 침묵을 지켰는데 그 침묵이 마사무네의 이야기에 대한 대답처럼 들렸다.

마사무네는 이츠미가 무츠미를 좋아했다는 사실에 혼란스러우면서도 왠지 기뻤다. 이 이상한 상황에서도 무츠미가 상냥함을 지니고 있다는 사실도. 갇혀 있는 이츠미가 그 마음을 온전히 알고 있다는 사실도.

"너, 여기서 나가고 싶지 않아?"

마사무네의 말에 이츠미는 특별한 반응을 보이지 않았다. 들리지 않았을 리 없을 텐데 관심이 없나. 마사무네가 고개를 들자, 들어오는 햇살이 스테인드글라스처럼 성스럽게 주위를 물들이고 있었다.

마사무네는 대답이 없을 줄 알면서도 계속 이야기했다.

"여기서 나가도, 어차피 멀리 못 가겠지만……."

– | –

금요일의 학교 청소 시간. 마사무네는 대걸레로 똑같은 장소를 수없이 닦으면서 내일은 이츠미에게 뭘 가져갈지 고민하고 있는데 사사쿠라가 다가왔다.

"정해졌어. 내일 토요일!"

"응? 정해졌다니?"

"여자애들과 놀러 가기로 했잖아. 물론 사가미 무츠미도 불렀어."

마사무네는 토요일에는 이츠미에게 갈 생각밖에 없었는데 콧바람을 거칠게 내는 사사쿠라를 보고 저도 모르게 되물었다.

"놀러 가서 뭐 하게? 노래방이라고 했나?"

"역이라고, 역!"

마사무네의 몸이 역이라는 그리운 단어에 절로 굳어졌다.

미후세에도 물론 역이 있다. 상점가에서 조금 떨어진 곳에 틀림없이 존재한다. 하지만 마사무네는 오랫동안 가까이 가지 않았다. 그 근처에 친구가 사는 것도 아니고 무엇보다 그날부터 전차가 오지 않았다. 밖과 연결되어 있지 않으므로 찾아갈 이유가 없었다.

마사무네만이 아니라 사사쿠라를 비롯한 반 친구들도 마찬가지일 텐데.

"왜 역 같은 데를?"

"그야 당연히 귀신이 나오니까. 귀신!"

사람이 거의 오지 않는 장소에는 그런 소문이 생기기 마련이다.

미후세를 떠난 전차는 수십 미터만 달리면 곧 작은 터널로 들어간다. 그 터널에 전차 창문을 탁탁 두드리는, 상반신만 있는데 팔이 길고 손바닥이 30센티미터나 되는 여자 귀신이 있다는 소문은 마사무네가 어릴 때부터 있었다.

하지만 이토록 이상한 일상에 사는데 귀신 같은 걸 무서워할 필요 없지 않나?

"남자와 여자가 공포 체험에 나서면 엄청나게 가까워지잖아.

소리를 지르며 품에 안기고. 알지?"

"아……." 마사무네는 흥분한 사사쿠라에게 심드렁하게 대답했다.

"그런데 걔 갈까?"

무츠미는 올 것 같지 않다. 여학생들은 대체로 '무서움을 많이 타는' 편이고 무츠미는 학교에서는 그런 분위기에 섞이려 한다. 하지만 사실 무츠미에게 밤의 역 같은 건 아무렇지 않을 풍경일 것이다.

"어머, 어쩌지?"

방과 후 교실에서 사사쿠라의 제안에 무츠미와 친한 여학생들이 힐끔힐끔 눈길을 교환했다. "좋잖아, 좋아!" 사사쿠라는 달려들며 분위기를 띄우려 했다. "남자와 밤에 놀러 다니다니, 부모님에게 혼나." 하라는 단칼에 거절했다. "귀신이라니, 애처럼." 야스미도 저항했다.

"뭐, 너희는 오든 말든 상관없어."

사사쿠라가 조그만 목소리로 짜증스럽게 중얼거렸다가 그 말을 들은 여학생들에게 "뭐?!"라고 지적당하자 허둥지둥했다.

이 이야기는 그냥 흘러가겠지. 마사무네가 곁에서 지켜보며 그렇게 생각하고 있는데 그 순간 소노베가 다 들으라는 듯 큰 목소리로 중얼거렸다.

"난 갈래."

여자들이 눈을 동그랗게 뜨고 소노베를 쳐다봤다.

"말도 안 돼! 소노베, 왜?"

"너 무서운 거 싫어하잖아."

차례로 질문이 쏟아졌으나 소노베는 뭔가 결심한 듯 물끄러미 앞의 한 점만을 응시했다.

"소노베가 가면 나도 갈래."

놀랍게도 무츠미가 선언했다. 여학생뿐만 아니라 사사쿠라마저 놀라는 가운데 무츠미는 마사무네를 힐끔 바라보며 웃었다.

"소노베, 괜찮은 녀석이네!"

하굣길, 사사쿠라는 어느새 소노베에 대한 평소 지론을 바꾼 상태였다.

마사무네의 참여는 기정사실처럼 여겨졌는데 새삼 거부할 생각도 없었다. 토요일은 이츠미와 단둘이 지내는 시간으로 정했기 때문에 그 일정이 망가지는 건 괴로웠다. 읽어주고 싶은 그림책도, 먹이고 싶은 음식도 있었다.

다만, 그렇게 미소 지은 무츠미를 내버려 둘 수는 없었다.

다른 사람 앞에서는 절대 보이지 않을 표정을 그 순간 왜 드러냈을까. 마사무네는 그 이유를 알 수 없었다.

- | -

마사무네는 약속 시각인 7시보다 일찍 미후세역에 도착하고 말았다. 긴장했을지도 모른다.

주위는 미미한 숨결과 발소리마저 빨아들일 정도로 캄캄했다. 마사무네는 입구에 걸린 녹슨 체인을 넘어 안으로 들어갔다.

역 건물은 생기는 없었으나 먼지가 그리 쌓여 있지 않아 방치된 시간이 느껴지지 않았다. 봄철 야생화가 필 때 맞춰 열리는 조그만 축제 포스터는 끄트머리가 찢어진 채 여전히 벽에 붙어 있었다. 겨울이 끝나면 바로 이루어지는 그다지 대단하지도 않은 축제인데 이츠미는 그 꽃들을 본 적 있을까. 그런 생각을 하고 있는데 사사쿠라와 닛타, 센바가 왔고, 약속 시각보다 20분 늦게 새초롬한 표정으로 무츠미를 비롯한 여학생들이 나타났다.

"미안, 늦었어."

"어." 사사쿠라가 숨을 멈추고 볼을 붉히며 마사무네의 소맷자락을 살짝 잡아당겼다.

"야, 사가미 무츠미 사복이 저거야? 짧은 반바지잖아?"

무츠미는 소노베의 팔짱을 꼭 끼고 있었다. 얼핏 보면 사이가 좋아 보이는데 소노베의 표정은 어두워 무츠미에게 잡혀 있는 느낌이었다.

마사무네와 친구들은 플랫폼에서 선로로 뛰어내렸다.

거뭇거뭇한 나무를 배경으로 선로는 조금 뻗어나가다가 곧장 산으로 들어갔다. 전차를 빨아들이기 위한, 길이 백 미터 정도의 고즈넉한 터널이 사사쿠라가 말한 남자와 여자에게 엄청난 일이 벌어지는 무대인 듯하다.

"가위바위보를 해서 같은 손을 내는 사람이 한 팀이다!"

남학생들은 담력 시험을 위한 팀 결정 방법을 미리 짜 놓았다. 마사무네와 남학생들은 낼 손을 미리 정해 놓았는데 여러 번 가위바위보를 해도 결정이 나지 않는 척하며 자연스럽게 사사쿠라 옆에 무츠미가 오도록 한다. 그리고 사사쿠라가 소리친다. "아, 더 생각하는 것도 귀찮다. 끝에서부터 남녀 하나씩 팀으로 하자!" 아무도 반대하지 않아 자연스럽게 사사쿠라는 무츠미와 팀이 되고 닛타는 야스미와, 센바는 하라와, 마사무네는 소노베와 한 팀이 되었다.

"잘 부탁해."

소노베는 도전적인 태도로 마사무네에게 말했다.

"규칙은 간단해!"

사사쿠라가 설명한 이번 담력 시험의 규칙은 간단했다.

터널 중간까지 가서 벽에 '우리가 여기 왔었다'라는 표시로 스프레이로 뭔가를 그린다. 그림이든 글씨든 뭐든.

그리하여 사사쿠라와 무츠미가 가장 먼저 터널로 갔다.

달빛이 쏟아지는 플랫폼에 앉아 기다리는데 차갑고 습한 아스팔트 감촉이 엉덩이를 통해 전해졌다. "늦네." "사사쿠라, 사가미 무츠미를 덮치고 있는 거 아냐?" 남자들이 싱글대며 이야기하고 있는데 소노베가 조용히 일어났다.

소노베는 교복 치마와 비슷한 길이의 점퍼 스커트를 입고 있었다. 하지만 소재가 안 좋은지 엉덩이 부위가 구겨져 있고 치맛단 아래로 나온 두꺼운 다리에는 붉은 털이 숭숭 나 있었다. 모든 세상이 소노베에게 심술부리는 듯.

조금 있다가 사사쿠라와 무츠미가 돌아왔다.

"어이, 다녀왔어!"

어딘가 허세를 부리는 듯한 사사쿠라의 얼굴은 잔뜩 굳어 있었다.

"다음은 마사무네 팀이야."

마사무네가 슬쩍 눈길을 던지자, 소노베는 까딱 고개를 끄덕였다.

마사무네는 소노베와 함께 터널 안으로 걸음을 옮겼다. 차가운 공기 속에 자기들의 발소리만이 강하게 울렸고 들고 있는 손전등 불빛은 발밑만 비출 뿐이다.

마사무네는 일단 소노베에게 괜찮냐고 말을 걸었다. 목소리가 너무 크게 울리는 바람에 그 목소리가 마치 다른 이의 목소리 같아 께름칙했다. "응." 소노베는 조그맣게 대답했을 뿐 그 뒤로는 침묵으로 일관했다.

마사무네는 너무나 어색한 이 시간을 빨리 끝내고 싶어 걷는 속도를 높였다. 어른들의 말처럼 터널은 중간에 토사로 막혀 더는 갈 수 없었다. 이 근처에서 해야겠다 싶어 손전등으로 벽을 비추니 익숙한 글자가 있었다.

"아, 사사쿠라 팀이다."

아무리 생각해도 사사쿠라 소년이 골랐을 법한 '사사쿠라 왔다 감'이라는 글자가 불빛에 떠올랐다. 그 밑에 신경질적인 필치로 '사가미'라고 성만 쓴 글자가 있었다.

"우리도 이 근처에 그릴까?"

마사무네가 스프레이 통을 잡았는데 소노베가 옆에서 손을 내밀었다. "자, 내가 먼저 그릴게." 마사무네는 생각에 잠긴 듯한 그 모습에 밀려 스프레이 통을 건넸고 소노베는 통을 몇 번 힘껏 흔들었다.

"잘 안 나와."

그렇게 말하면서 벽에 기호 같은 걸 그리기 시작했다. 마사무네는 별다른 생각 없이 보고 있다가 점점 상황을 파악하며 놀랐다. 꼭대기에 하트를 올린 일필휘지의 우산 그림이었다.

소노베는 여전히 손을 움직이고 있다. 우산 아래 글자를 쓴다.

'마사무네·유코'

"유코가 누구야?"

"나야."

그러고 보니 '소노베의 실내화'에 적힌 이름이었던 기억났다. 소노베는 두툼한 눈꺼풀 속 작은 눈으로 이쪽을 똑바로 응시하고 있었다.

"이런 거 하지 마."

마사무네는 뭐라고 대답해야 할지 몰라 자기 이름을 손바닥으로 문질렀다. 글자가 조금 번졌을 뿐 스프레이 물감이 사라질리 없었다. 그러나 그 행위를 본 소노베의 몸이 흠칫 흔들렸다.

"넌 내가 싫어?"

"소노베, 왜?"

"난 너 좋아하는 것 같아."

"그러니까 왜?"

"널 좋아하는 것 같아. 날 조수석에 태워줬잖아."

마사무네는 어쩔 줄 몰랐으나 너무나 어이없는 소노베의 대답에 기어이 거친 목소리를 내고 말았다.

"아니, 좋아한다는 건 그런 게 아니야."

그렇다면 좋아한다는 건 무엇일까. 마사무네 역시 그 답을 갖고 있지 않았다. 소노베는 개의치 않고 물어왔다.

"기쿠이리는 좋아하는 사람 있어?"

"응?"

마사무네의 머리에 이츠미의 얼굴이 떠올랐다. 하지만 그건 소노베가 상정하는 좋아한다는 감정과는 너무 달라서 망설여졌다. 곧 영상이 흔들리더니 이번에는 무츠미의 모습이 부드럽게 떠올랐다. 그 순간 마사무네의 마음을 꿰뚫어 본 듯 소노베가 내뱉었다.

"역시 무츠미를 좋아하는 거야?"

"앗!"

마사무네는 귓속에서부터 뜨거운 열기가 퍼져나갔다. "후, 하." 그때 어디선가 심호흡하는 소리가 울리기 시작했다. 조용하고 차갑게 정체된 터널 공기가 그 호흡에 따라 뒤섞이는 듯했다.

"이 소리, 뭐야?"

어둠 속에서 소리가 나 마사무네는 황급히 그쪽으로 손전등을 비췄다.

"사사쿠라, 이 멍청이! 쉿!"

사사쿠라와 친구들이 조금 떨어진 곳에 서 있었다. 물론 그 안에는 무츠미도 있었다. 당혹스러워 굳어진 표정을 짓고 있었는데 평소 교실에서 짓는 거짓 표정과는 달랐다.

"어, 어? 아니, 뭔가 이상한 소리가 나서. 응?"

"아, 응, 미안해. 그래서 아무래도 다 같이 오는 게 나을 것 같아서 와 봤어."

사사쿠라와 야스미가 한심한 변명을 늘어놓았다. 어색한 분위기 속에서 소노베는 마사무네가 아니라 무츠미를 도전적인 눈빛으로 바라봤다. 무츠미도 소노베를 응시하고 있다. 그저, 가만히 응시하는 그 눈빛에서는 어떤 감정도 읽히지 않았다.

"흑!"

무엇이 계기였을까. 소노베의 눈에서 눈물이 후드득 떨어졌다. 그리고 더는 참을 수 없다는 듯 사사쿠라를 밀치고 터널 밖으로 뛰어나갔다.

"기다려, 소노베!"

모두 서둘러 그녀의 뒤를 쫓았다. 마사무네는 당황해 힐끔 무츠미를 봤는데 무츠미가 가볍게 나무라는 눈빛을 보냈기 때문에 바로 튕기듯 모두의 뒤를 쫓기 시작했다.

마사무네와 친구들이 터널에서 뛰어나왔는데 이상하게 주위가 밝게 느껴졌다. 터널에서 밖으로 나왔기 때문이라고 생각했는데 곧 착각임을 깨달았다. 하늘에 거대한 균열이 생기고 그곳에서 녹색 빛이 새어 나오고 있었다. "후, 하"라는 호흡 소리가 그 언저리에서 울려 왔다.

"그날이랑 똑같아."

센바가 조용히 읊조리자, 앞서 달리던 소노베가 멈춰 등을 돌린 채 선로에서 하늘을 올려다봤다. 균열에서 새어 나오는 빛이 소노베의 발밑에 반점을 만들었다.

"소노베!!"

마사무네는 말을 걸다가 큰 충격에 눈을 부릅떴다.

소노베의 목에서 등까지가 녹색으로 발광했다. 균열에서 나온 빛이 떨어진 게 아니라 소노베의 내부에서 빛이 배어 나왔다.

"무츠미. 우린 지루함을 감추려고 놀이를 했어, 그렇지? 도망치고 싶은 마음을 감추는 놀이."

소노베의 커다란 등이 흔들리고 있었다. 후, 하, 후, 하 소리가 어렴풋이 소노베에게서 들려왔고 빛이 점차 퍼져 나갔다.

"지금 나, 너무 창피해서 도망치고 싶어."

소노베는 천천히 돌아봤다.

이쪽을 보는 소노베의 얼굴은 녹색 반점 모양이 되어 있고 목 덜미에서 뻗어 나온 빛이 뺨까지 도달해 있었다. 소노베는 눈동 자 가득 눈물을 담은 채 입술 끝을 살짝 일그러뜨리고 미소를 지 었다. 다음 순간, 플라스틱이 쪼개지는 듯한 마른 소리가 나며 목에 구멍이 뻥 뚫렸다.

"누군가를 좋아하는 마음이 구경거리가 됐어."

이렇게 말한 순간, 우지직, 이상한 소리가 나며 목의 구멍을 중심으로 소노베가 균열해 갔다. 마치 오늘 밤의 하늘처럼.

마사무네와 친구들은 넋을 놓고 꿈쩍도 하지 못했는데 소노 베의 등 뒤에서 이변이 일어났다. 이번에는 하늘이 아니라, 공장 이었다.

"연기가?!"

제철소가 늘 토해내던 연기가 단숨에 확 부풀어 오르더니 몇 마리의 늑대 형태로 변하기 시작했다. 밑 부분은 이어져 있어서 마치 야마타노오로치(八岐大蛇, 일본 신화에 등장하는 머리가 8개인 뱀) 같았다.

늑대 무리가 밤하늘을 자유자재로 달리기 시작했다. 늑대 몇 마리는 하늘의 균열로 달려가 자기 몸으로 균열을 메웠는데 그 중 한 마리가 이쪽을 향해 무서운 속도로 낙하했다.

"으악!!"

연기 늑대는 그 자리에 엎드린 마사무네와 친구들의 머리 위를 아슬아슬하게 스치며 날아갔다. 바람의 압력에 날려가지 않도록 모두 필사적으로 버텼다.

"소노베!!"

언제나 초조한 법이 없는 무츠미의 엄청나게 큰 목소리에 마사무네는 고개를 들었다. 소노베는 멍하니 서서 자신을 향해 내려오는 연기 늑대를 바라보고 있었다. 무츠미가 소노베를 향해 달려갔고 마사무네도 그 뒤를 따르는데 바람의 압력에 발이 걸려 쓰러지고 말았다.

"엎드려!! 소노베. 얼른!"

있는 힘껏 달려 소노베의 몇 미터 근처까지 다가간 무츠미를 추월해 연기 늑대가 소노베에게 돌진했다.

"꺄아아아아악!!"

소노베가 잡아먹힌다고 생각한 순간 소노베의 균열에서 나온 빛이 입자가 되어 격렬하게 깜빡이더니 그대로 흩어졌다.

"소노베!!"

빛이 잦아들었을 때 소노베의 모습은 이미 없었다.

늑대도 사라져 무슨 일이 일어났는지 판단할 수 없었다. 하늘의 균열은 완전히 메워져 달빛조차 없는 캄캄한 주위는 어느새 터널 속으로 역행한 듯한 착각을 마사무네에게 일으켰다.

그랬다, 아무것도 변하지 않은 것처럼 보였다. 소노베가 여기에 존재하지 않고 대신 그녀의 운동화와 옷이 굴러다닌다는 사실 빼고는.

"어른들! 어른들을 불러야 해!"

"뭐! 아, 그래."

드디어 다들 정신을 차리기 시작했는데도 마사무네는 꼼짝도 할 수 없었다. 완고하고 융통성 없게 들리던 소노베의 목소리가 마사무네의 귓속에 들러붙어 있었다.

"기쿠이리를 좋아하는 것 같아서."

- | -

"사가미 씨, 무슨 일이야?"

"연기로 된 늑대에 잡아먹혔다잖아?!"

심야의 공회당에 모인 어른들은 저마다 사가미를 닦달했다. 화이트보드 앞의 긴 테이블, 사가미의 양쪽에는 공장 사람들이 떨떠름한 표정을 짓고 있었다. 그 가운데는 토키무네도 있었다.

그러나 정작 사가미 본인은 어딘가 여유로운 표정을 짓고 있다.

"어이, 친구가 잡아먹혔잖아? 좀 더 자세히 말해 봐!"

사가미가 커다란 목소리로 윽박지르는 바람에 회의실 구석에
모여 있던 마사무네와 친구들은 위축되고 말았다.

"당신, 그만해. 이 애들도 충격을 받았을 테니까."

호통치는 어른들 목소리에 언제나 씩씩했던 하라마저 훌쩍훌
쩍 울고 있었다. 마사무네는 그저 멀거니 주위를 둘러보고 있을
수밖에 없었다. 그때였다.

"꿀꺽!"

갑자기 사가미가 큰 목소리를 냈다. 모두의 눈길이 사가미에
게 모였다.

"정말 먹혔습니까? 늑대가 입을 이렇게 벌리고?"

사사쿠라와 친구들은 서로의 얼굴을 쳐다봤다.

"그랬나?"

"뭐랄까, 어땠냐면 연기가 닿은 순간 사라졌다고 해야 하나."

"바로 그겁니다!"

사가미는 알았다는 듯 목소리를 높이고 펜을 들어 화이트보
드에 척척 글을 적었다.

"여러분도 다들 보셨을 겁니다. 하늘에 난 균열에 제철소 연기
가 들어가는 걸요. 그게 바로 신성한 기계가 만든 연기……."

사가미는 마지막 글자를 기분 좋은 소리로 마무리했다.

"신성한 늑대입니다!"

화이트보드에는 '신성한 늑대'라는 글자가 커다랗게 적혀 있었다. 수런거리는 일동의 모습을 보고 사가미는 만족스럽다는 듯 씩 웃으며 말했다.

"그리고 그 여학생의, 마음의 균열도."

"마음의 균열!"

"그녀의 마음에는 균열이 생길 만한 사건이 있었을지 몰라. 그래서 신성한 늑대를 그걸 메우려고……."

마사무네는 심장이 조여드는 듯했다.

소노베의 마음에 균열이 생겨 늑대가 그걸 메우려고 습격해 왔다. 그 결과 균열이 메워지기는커녕 소노베가 소실되었다. 아니, 마음의 균열을 없애려면 그 자신이 소멸하는 게 가장 빠른 방법일 수 있겠다.

"어, 어이! 마사무네!"

마사무네는 이야기를 끝까지 듣지 않고 회의실을 뛰쳐나왔다. 그런데도 사가미는 모두를 한바탕 둘러보며 기분 좋게 소리쳤다.

"우리는 운명공동체입니다. 같은 세계에서, 같은 고통을 겪고 있죠. 그러니 이 세계에서 도망치는 건 꿈도 꿔선 안 됩니다!"

밤의 상점가에는 인적이 전혀 없었다. 닫힌 셔터가 밤바람에 살랑살랑 흔들릴 뿐이다. 마사무네는 차가운 연석에 쭈그려 앉았다.

시야와 청각을 가릴 게 없는 겨울철 시골 마을 저 멀리서 경찰차 사이렌 소리가 들려왔다. 그리고 평탄한 목소리의 방송 소리도 들려왔다.

「대량의 연기가 발생했습니다. 신속히 집으로 돌아가 문단속을 철저히 하시기 바랍니다.」

모든 게 조용해진 그곳에 갑자기 생기가 솟듯 경적이 울렸다. 마사무네가 힘없이 고개를 드니 토키무네가 타고 있는 오토바이 불빛이 쏟아졌다.

"뭐 하는 거야, 마사무네?"

"삼촌?"

토키무네는 오토바이에서 내려 마사무네의 팔을 잡아 일으켜 세우려 했다.

"빨리 집으로 가. 네 친구들도 다 집에 갔어."

"싫어!" 마사무네는 토키무네에게 잡힌 팔을 힘껏 뿌리쳤다.

"왜 집에 갇혀 있어야 하는데? 우린 이미 미후세에 갇혔잖아."

"진정해, 마사무네."

"싫어! 나 여기 있기 싫어! 큰 서점과 영화관이 있는 도시에

가고 싶어! 공부도 많이 하고 이것저것 다 보고 싶어. 일러스트
레이터가 되고 싶어."

"괜찮아."

"뭐가 괜찮아?"

마사무네는 그렁그렁 눈물을 담은 채 토키무네를 노려봤다.

"난 삼촌 안 믿어. 이츠미도 다 알면서!"

"이츠미?"

토키무네는 마사무네의 심상치 않은 모습을 보고 이츠미라는
이름을 누구에게 붙였는지 알아차렸다.

"왜? 아버지도 개에 관해 알았지? 이츠미를 그런 데 가둬두고
둘 다 아무렇지도 않았어?"

소노베의 일을 계기로 최근, 아니다, 이 세계가 된 후로 쌓인
울분이 흘러넘쳤다. 마사무네는 이를 멈출 수 없었다.

"왜 대답을 못 해? 왜 아무 말도 안 하는데?"

눈물 어린 조카의 호소를 고통스럽게 온몸으로 받고 있던 토
키무네가 조용히 읊조렸다.

"그 아이는 여기 있어선 안 되는 존재야."

"뭐!"

"일단 가자."

토키무네는 마사무네에게 헬멧을 씌우려 했다. 마사무네는

잠시 저항했으나 결국은 시키는 대로 했다. 토키무네는 마사무네의 머리를 꼭 안으며 말했다.

"내가 형 대신 지킬 거야. 너랑 전부 다."

"누가 지켜 달래?" 마사무네는 분한 마음으로 중얼거렸다.

미사토는 토키무네의 오토바이를 타고 돌아온 마사무네에게 "목욕할래?"라고만 했을 뿐 아무 말도 하지 않았다. 이미 소문으로 들었을 것이다.

마사무네는 진흙과 닮은 피곤을 이끌고 2층으로 올라가 자기 방으로 들어갔다. 불을 켜지 않고 의자에 앉았는데 책상 위에 방치해 놓은 자기 확인표가 보였다.

찰칵. 독서 등을 켜니 '호감을 품은 사람' '나쁜 감정을 품은 사람'이라는 칸이 떠올랐다.

마사무네는 그것을 보자 울고 싶기도 하고 소리치고도 싶은 기묘한 열에 들떴다. 저도 모르게 샤프를 쥐고 거칠게 쓰기 시작했다.

'기쿠이리 마사무네는 처음으로 여자에게 좋아한다는 말을 들었다.'

눈물이 번져 자신이 제대로 글을 쓰고 있는지조차 알 수 없었다. 그래도 오롯이 계속 써 나갔다.

'하지만 그 여자애는 사라졌다.' '나 때문에' '내가 다른 여자애를'

'좋아한 탓에.'

"앗!"

마사무네는 '좋아한다'라는 글자를 펜으로 마구 그어 지웠다. 그 압력을 이기지 못하고 자기 확인표가 찢어졌다. 샤프심이 부러졌다. 찢어지고 할퀴어진 채 그대로. 마사무네의 입에서 목소리가 되지 못한 절규가 새어 나왔다. 쿵쿵 책상을 치다가 그 자리에 엎어졌다.

소노베가 사라졌다.

이건 전부 내가, 사가미 무츠미를 좋아해서다.

– | –

다음 주가 되자 교실에서 소노베의 책상이 사라졌다. 교사가 치운 것이다.

쉬는 시간, 사사쿠라 일행은 카드 마작을 시작했다. 교실에서 나가지도 않고 딸깍딸깍 얇은 마작 패를 다른 사람이 보지 못하도록 숨기면서 웃고 있다. 담력 시험에 나선 밤은커녕 그전의, 지루함을 달래려고 한 기절 놀이나 무츠미를 놓고 벌인 연애담 같은 건 없었다는 듯.

하라와 야스미도, 저렇게 초췌한데도 지금은 너무나 평범하게 담소하고 있다. 그래도 주의 깊게 보면 눈 밑이 붉다. 주말 내내 울었을 것이다.

무츠미는 어땠을까. 마사무네는 알 도리가 없었다. 왜냐면 무츠미를 볼 수 없었기 때문이다. 눈을 마주치고 싶지 않다, 감정을 읽히고 싶지 않다, 그보다 뭐랄까 너무 무서웠다.

방과 후. 사사쿠라와 헤어진 마사무네는 집에 돌아가지 않고 그대로 제철소로 갔다.

다리를 건너 길가에 심어진 나무들을 봤다. 이 근처에는 봄이면 역 건물 포스터에 있던 야생화가 핀다. 계속되는 겨울 속에서는 피지 않을 그 꽃을 가져가면 이츠미가 기뻐할까.

"마사미네!"

제5용광로 문을 열자마자 이츠미가 품에 안겼다.

"앗?!"

마사무네의 발소리를 듣고 기다리다 못해 준비하고 있었을 것이다. 마치 주인이 돌아오기를 기다리는 충성스러운 개처럼. 이쪽을 올려다보며, 환하게 웃는 웃음. 허리를 꼭 안은 작은 손에서 '절대로 떨어지지 않겠다'라는 의지가 전해졌다.

그런 이츠미의 모습을 본 순간.

마사무네는 무릎부터 무너져 내려앉았다.

"흐……흑, 흑흑……."
눈물이 하염없이 흘러나와 멈추지 않았다.

소노베의 소실이 슬픈지, 자책감에 시달리는지, 이상한 이 상황에 겁먹은 건지. 마사무네 자신도 알 수 없었으나 어쨌든 눈물을 멈출 수 없었다.

"마사미네, 마사미네?"

걱정스럽게 여러 번 부르는 이츠미의, 가볍고 선이 가는 목소리가 마사무네의 눈물을 더 밀어냈다.

"미……미안해. 나……나, 나……."

그때 마사무네의 코에 갑자기 가볍고 차가운 감촉이 느껴졌다.

놀라 고개를 들었는데 이츠미는 그대로 마사무네의 위로 기어 올라왔다. 그 탓에 뒤로 넘어진 마사무네의 배에 이츠미가 털썩 자리를 잡고 앉았다. 톡톡, 자기 코를 마사무네의 코에 댔다. 수없이 계속, 코끝에, 입가에, 턱에. 개나 고양이가 친구에게 인사하는 것처럼.

그러다가 가볍게 입술이 맞닿았다. 키스라고는, 부를 수 없는 것이었다.

다만 이츠미의 입술이 닿을 때마다 가슴속에 찌릿찌릿 뭔가가 퍼졌다. 아주 따뜻한 뭔가가 부드럽게. 이츠미의 입술 감촉과 완전히 똑같은 감정 같은 게.

"넌 알아? 좋아하는 마음이 뭔지."

"좋아?"

저도 모르게 질문을 던진 마사무네에게 이츠미가 놀란 표정을 지었다.

마사무네는 생각했다. 소노베는 무슨 생각으로 내게 그런 말을 했을까?

차를 태워줘서 나를 좋아한다고 했다. 하지만 그게 아니다. 그런 차가운 터널에서 구경거리가 되었다고 울면서. 그런 건 좋아하는 게 아니다. 그건 안다.

"하지만 나도 좀 이상해."

마사무네는 이츠미의 무게를 느끼면서 무츠미를 생각했다.

좋아한다는 건, 부드럽고 다정하다. 이렇게 온기를 천천히 교환하는 것이다.

"나는, 내가 좋아하는 건 이게 아냐."

마사무네의 뇌리에는 한 소녀의 얼굴이 또렷하게 떠올랐다.

지금 눈앞에서 상처 입은 내게 온기를 나눠주는 소녀와 외모만 빼닮은 여자 사가미 무츠미.

"너무 싫다는 마음과 아주 닮아서. 그냥 아파. 이렇게 다르다고 생각했는데, 그런데……."

쿵! 뒤에서 난 쿵 격렬한 소음이 마사무네의 눈물 어린 목소리를 가로막았다.

"?!"

마사무네의 심장이 격렬하게 뛰었다. 돌아보고 싶지 않았으나 그럴 수 없었다. 마사무네가 포기하고 돌아보니 그곳에는 예상대로 무츠미가 마사무네를 노려보고 있었다.

그러나 상상과 달랐던 게 하나 있었다. 무츠미가 얼굴을 붉히고 있었다. 그녀로서는 아주 드물게 어이없다는 감정을 그대로 드러내고 있었다.

"뭐 하는 거야?"

평소에는 절대 사용하지 않는, 끔찍하다는 느낌의 억양으로 소리쳤다.

"무, 무츠미. 그게 아니야. 이즈미는……."

저도 모르게 마사무네의 목소리가 뒤집혔다. 무츠미는 그대로 성큼성큼 다가와 불안해하는 이즈미를 무시하고 마사무네의 멱살을 움켜쥐었다.

"결국 너도 수컷이네!!"

"아파, 이거 놔!"

"이츠미가 뭐야? 쟤 이름이야?"

듣고서야 자신이 그 이름을 불렀다는 사실을 깨달은 마사무네는 더는 우물쭈물할 수 없다고 생각하고 각오했다.

이름을 불렀다고 혼나다니 역시 이상하다.

"그래. 너보다 죄가 하나 적으니까 그래서 이츠미야!"

마사무네는 뿌리치듯 무츠미의 몸을 힘껏 떠밀었다.

"꺅?!"

무츠미의 몸은 생각보다 훨씬 가벼워 바닥에 나동그라졌다. 큰일 났다 싶었으나 이미 늦었다. 마사무네는 그냥 소리부터 쳤다.

"가자. 이츠미, 내가 여기서 나가게 해 줄게."

"여기서 나가?"

"내가 많은 걸 보여줄게."

마사무네는 이츠미의 팔을 억지로 잡아당겼다. 무츠미는 쓰러진 채 움직일 기척이 없다. 마사무네는 슬쩍 그쪽을 보고 넋을 잃었다.

"너 왜 울어?"

"어!"

무츠미의 뺨에 눈물이 흐르고 있었다. 자신도 울고 있는지 몰랐던 듯 무츠미는 놀라며 자기 손등으로 눈물을 닦았다. 그때 무츠미가 바로 전에 했던 똑같은 말이 들려왔다.

"뭐 하는 거야?"

고개를 들어보니 제5용광로 입구에 사가미와 토키무네가 서 있었다.

"마사무네!"

"마사무네, 이쪽!"

무츠미가 마사무네에게 말을 걸고 달리기 시작했다. 순간 마사무네는 당황했지만 바로 이츠미의 손을 잡고 무츠미를 따라 달리기 시작했다. 세 사람의 등에 대고 어른들이 소리쳤다.

"마사무네, 어딜 가!"

"감히 신께 송곳니를 드러내다니 신성모독이다!"

- | -

마사무네는 무츠미를 따라 달렸다. 처음에는 이츠미의 손을 잡아당겼으나 중간부터는 이츠미가 스스로 달리기 시작했는데 그 짐승 같은 속도에 오히려 마사무네가 쫓아가는 형태가 되고 말았다.

제5용광로 밖으로 뛰어나오기는 했으나 제철소의 녹슬고 높은 건조물들과 중량감 있는 구름에 덮이자 아무리 도망쳐도 낭비라는 생각에 더는 도망칠 수 없었다. 그래도 마사무네는 계속 달릴 수밖에 없었다.

마침내 마사무네 일행은 제철소 외곽까지 나왔다. 쓸쓸한 플랫폼이 있고 화물 열차가 버려진 듯 놓여 있었다. 사용된 흔적도 없이 크레인 차에 앞부분이 걸려 있어서 거대한 오브제처럼 굳어 있었다.

"승강장은 여기 있는데 왜 열차는 제5용광로에 있지?"

"그건……." 무츠미가 말을 시작하려는데 "후, 하" 호흡 소리가 울렸다. 이츠미는 즐거운 표정으로 하늘을 올려다보며 따라 외쳤다.

"후, 하, 후, 하!"

마사무네는 위 언저리가 저릿저릿해졌다. 이 소리는 담력 시험 때 들린 소리다. 그때 소리는 하늘에서도. 그리고 소노베에게서도 들렸는데.

"으악!"

마사무네의 사고를 막듯 낮은 땅울림 같은 소리가 울리기 시작했다. 발밑이 가늘게 흔들렸다. 제철소 뒤로 보이는 철산의 암맥에 격렬한 모래 먼지가 일었다. 아무래도 암맥이 조금 무너진 듯하다.

하늘을 올려다보니 역시 무수한 균열이 생겼다.

"하지만 뭔가 이상해."

후, 하, 후, 하. 호흡 소리와 함께 점점 하늘의 균열이 넓어지고 반짝이기 시작했다. 열을 띤 빛이 균열 안쪽에서 부푸는 듯했다.

자세히 살펴보니 균열 너머에 색 같은 게 보였다. 이렇게 하늘이 흐린데 폭력적일 정도로 반짝이는 색이 마음을 잡아당겼다.

"하!"

이츠미는 신나서 소리를 지르고 조금이라도 하늘과 가까워지고 싶은지, 플랫폼 지붕과 이어진 크레인 차에 발을 올렸다. 넋을 놓고 있던 마사무네가 정신을 차렸다.

"이츠미. 멈춰. 위험해!"

그러나 더 말하려다가 그만뒀다.

이츠미는 가는 손발을 힘껏 뻗어 크레인의 사다리처럼 된 부분을 올라갔다. 이츠미의 조그만 손으로는 녹슨 원기둥을 제대로 잡을 수 없었고, 다리도 자꾸 미끄러져 마음처럼 잘 나아가지 못했다. 그러나 포기라는 선택지는 처음부터 없었다는 듯 오로지 위로 올라갔다. 그 눈동자는 균열 사이로 보이는 빛처럼 반짝반짝 빛났고 그저 즐겁게만 보였다. 사냥감을 노리는 듯 그리고 저곳을 통해 밖으로 탈출하려는 듯.

"그런가? 위험하다는 말, 전혀 의미가 없겠구나."

마사무네도 이 균열 너머를 보고 싶었다. 그보다 그러기를 바랐다.

그래서 이츠미를 따라 크레인을 오르기 시작했다. 이 앞에 무엇이 있는지 모르지만, 불확실한 세계에 완전히 순응해 변하기를 거부해 온 자신을 이 자리에서 버리고 싶었다.

무츠미는 두 사람의 뒤를 따르지는 않았으나 계속해서 균열 너머를 지긋이 바라봤다.

그 조용한 흥분에 격렬하게 울려 퍼지는 사이렌 소리가 파고들었다. 그리고 "마사무네!"라는 소리와 함께 토키무네와 사가미가 쫓아왔다. 사가미는 몸을 움직이는 게 익숙하지 않은지 어깨를 들썩이며 헉헉 숨을 몰아쉬었다.

"신의 여자는 어디 있어? 빨리 돌려보내지 않으면 세계가……."

그때 무츠미가 크레인 앞을 가로막았다.

"안 돼!"

"넌……."

단호한 무츠미의 태도에 사가미가 동요하는 사이 토키무네가 앞으로 나섰다.

"움직이지 마, 마사무네!"

"싫어!"

마사무네도 토키무네의 말을 가로막듯 무츠미처럼 소리쳤다.

"왜 움직이면 안 되는데?! 나도 보고 싶어! 더, 더, 많은 걸 보고 싶어!"

이츠미는 마사무네의 말에 반응해 열이 들뜬 사람처럼 중얼거렸다.

"더, 더, 봐!"

이츠미는 멈추지 않고 머리 위로 보이는 균열을 향해 손을 뻗었다. 사가미는 공포를 감추지 못하고 고개를 흔들며 절규했다.

"안 돼! 돌아와. 그만해!"

토키무네는 긴장과 기대에 침을 꿀꺽 삼켰다.

"혹시 저 애라면……."

마사무네는 이츠미와 함께 이상할 정도로 흥분한 자신을 깨달았다. 제동이 걸리지 않았다. 하지만 멈추고 싶은 생각도 없었다. 이대로 한없이, 이츠미와 함께 달려 나가면…….

"더 보고 싶지? 더, 더."

"더, 더, 더, 더!!"

"더, 더, 더!"

"더……!!"

북풍을 받으며 균열에서 나온 빛이 이츠미와 마사무네의 머리 위로 천천히 이동했다. "아아!" 사가미는 절망스럽게 절규했다.

균열에서 나온 빛은 마침내 마사무네와 이즈미를 온전히 삼켰다. 그 순간이었다.

맴매매매매매매매매매매매……!!

너무 당당해 어이없을 정도로 무시무시하게 큰 소리로 매미 소리가 울렸다. 너무나 오래 듣지 못했던 소리가 난폭하게 마사무네에 귀에 꽂혔다.

조금 전까지의 흐린 하늘은 어디로 갔는지, 주위가 하얗게 떠오른 듯 보일 정도로 햇빛에 눈이 부셨다. 눈을 뜨고 있을 수 없어서 눈을 가늘게 떴다.

"어! 어?!"

평소 봐 온 제철소가 아니었다. 건물 배치나 멀리 보이는 산의 배치는 똑같은데 제철소 건물은 대부분 무너져 가동이 중지되어 폐허가 되어 있었다.

그런데 오히려 이쪽에서 더 강한 생명력을 느낄 수 있었다. 건물에는 덩굴식물이 생물처럼 얽혀 있고 초목이 여기저기 솟아 짙은 녹음이 이루며 햇빛을 반사하고 있었다.

아주 오래전 잃어버린, 여름 풍경이었다.

제철소를 가득 채운 생명의 기운, 너무나 눈부셔 빛을 가리려고 손을 올린 마사무네는 곧바로 다른 충격에 휩싸였다.

마사무네의 손바닥은 모든 빛을 통과시키고 있었다. 손만이 아니다.

"나, 나 그대로 비쳐?"

마사무네의 몸은 여름철 햇빛 속에서 그 윤곽을 점점 잃고 있었다. 모든 게 하얗게 증발할 것 같은 여름의 빛 속에서 자신도 하얗게 증발하는 공포.

그런 가운데 이츠미만은 역광을 받으며 또렷하게 자신의 존재를 드러내고 있었다. 마사무네는 순간적으로 이츠미의 허리에 매달렸다. 자신은 여기서 사라질지 모른다. 이유도 없는 확신만을 품은 채 마사무네는 포기하듯 눈을 감았다.

"앗?"

그러자 발밑에서 여름 햇살과는 너무나 어울리지 않는 차가운 북풍이 불어왔다. 강한 바람에 다시 균열이 이동해 이츠미와 마사무네의 위를 통과하자 둘의 몸은 겨울 세계로 돌아왔다. 아니, 여름으로부터 추방되고 말았다.

"마사무네, 이츠미!"

겨울에서 기다리고 있던 무츠미가 목소리를 높였다.

균열이 완전히 지나가자 다시 두 사람의 모습이 나타났다. 마사무네의 투명해지던 몸도 점차 원래대로 돌아왔다.

금방이라도 울음을 터뜨릴 듯 구겨진 얼굴의 사가미는 표정과 전혀 어울리지 않게 웃어댔다.

"하……하하하하하! 뭐야! 쟤도 저 틈으로 못 나가잖아. 괜히 놀랐네."

사가미가 양팔을 크게 벌리는 게 신호라도 된 양 제철소 여기저기서 연기가 뿜어져 나왔다. 연기는 상공으로 날아올라 늑대 모양을 만들었다.

"오, 나온다! 신성한 늑대여!! 이 세계의 상처를 막아 주소서!!"

하늘의 균열을 신성한 늑대가 메운다. 그리고 갈라졌던 하늘이 완벽하게 원래대로 돌아오자 산산이 흩어진다.

"삼촌! 저 빛 너머에 보인 건?"

마사무네가 질책하듯 던진 질문에 토키무네는 체념하듯 입을 열었다.

"현실이야."

마사무네는 그 말뜻을 바로 이해할 수 없었다.

현실이라는, 자주 쓰는 말이 다른 나라 언어처럼 들렸다. 사가미가 당황하며 토키무네의 팔을 잡았다.

"잠깐, 조용. 토키무네 군. 그건 아무한테도 말하면 안 되죠."

"더는 못 숨겨요."

토키무네는 동요하는 사가미를 무시하고 마사무네를 똑바로 바라보며 계속 말했다.

"우리는 벌로 미후세에 갇혔다. 하지만 언젠간 나갈 수 있다. 그건 모두에게 희망을 주려는 거짓말이야."

"거짓말?!"

마사무네는 반사적으로 '거짓말쟁이 늑대 소녀'를 봤다. 무츠미는 가만히 침묵을 지킨 채 한없이 차가운 옆얼굴을 보이고 있었다.

– | –

"거짓말이라 해도 아주 사소한 겁니다."

눈이 조금씩 날리는 가운데 공회당 주차장에 모인 사람들 앞에서 사가미는 단상에 올라 주눅 든 기색도 없이 떠들었다.

"정확히 이 세계는 신성한 기계가 만든 비현실 공간이에요. 그러니 별로 달라질 건⋯⋯."

"엄청나게 다르죠!"

사가미의 말을 제일 먼저 가로막은 사람은 하라였다.

"여기가 현실이 아니면 우리는 뭐예요?"

"우리 죽은 거야?" "그럼 우린 가짜야?" "실체가 없는 건가?"

"비현실이라니, 그게 뭐야?" "저세상이란 말이야?" "생겨났다는 말은 만들어졌다는 거잖아." "미후세와 우리 모두 가짜란 건가? 나쁘지는 않네." 하라의 발언을 필두로 사가미가 어떻게 나오는지 복잡한 표정으로 살피고 있던 사람들이 일제히 떠들기 시작했다.

토키무네를 비롯해 제철소 근무자 가운데서도 이미 알고 있던 사람과 그렇지 않은 사람이 있었던 듯 개별적으로 몰려드는 사태에 당황하는 사람도 있었다.

"지금까지 왜 숨겼어?! 다 설명해라!"

날아드는 호통에 사가미는 오히려 점점 냉정을 되찾는 듯 보였다.

"이 세계가 현실이 아닌 게 무슨 문제가 되죠?"

의외의 대답에 사람들은 순간 움찔했다. 사가미는 양손을 펼치고 과장되게 말했다.

"지금까지 자유롭지 않았던 게 하나도 없었죠? 마음에 금만 가지 않으면 아무 문제 없습니다. 우리가 가짜라고요? 아뇨! 우린 덧없는 환상입니다. 그래서 우리가 영원히 살 수 있는 거예요."

"영원히 사는 건 필요 없어!"

마사무네는 깜짝 놀라 사사쿠라와 얼굴을 마주 봤다. 평소 얌전한 센바가 술렁이는 주위와는 확연히 큰 목소리로 소리쳤기 때문이다.

"싫어! 이 마을에 영원히 갇혀서 어른이 되지도 못하고, 정말 싫어!!"

이마의 혈관이 튀어나올 정도로 소리치는 센바의 모습에 모두 말문이 막혔다. 무거운 공기가 지배하는 자리에 짝짝, 사가미의 손뼉 치는 소리가 울렸다.

"자, 남학생의 의견은 여기까지 듣겠습니다."

"뭐라고!"

"이 세계가 영원히 지속되는 게 그 무엇보다 중요합니다. 그러기 위해서는 저 아이를 신성한 기계에 돌려보내야 해요."

사가미는 무츠미의 뒤에서 신기하다는 듯 주위를 둘러보고 있는 이츠미를 힐끔 바라봤다. "소문으로 들은 적 있어." "저게 신의 여자……." 어른들은 그 모습을 보며 수군수군 귓속말을 나눴다.

"아직도 그 소리예요?"

마사무네가 앞에 나서려 했는데 토키무네가 그를 가볍게 손으로 제지하고 딱 잘라 말했다.

"이제 그만하시죠. 사가미 씨."

"뭐라고요? 토키무네 군."

"저 아이를 가둔 동안에도 매년 균열이 늘었어요. 신성한 늑대가 아무리 균열을 막아봤자⋯⋯."

토키무네는 모인 사람들을 향해 휙 몸을 돌리며 단언했다.

"곧, 이 세계는 끝나요."

수런거리던 사람들이 조용해졌다가 다시 수런거리기 시작했다. 조그만 중얼거림의 집합은 파문이 퍼지듯 조용히 그 자리를 채웠다. "끝난다고?" "끝?" "그게 무슨 소리야?" "그럼 어떻게 되는 거지?" "잠깐? 우린 사라지는 거야?" "우리 죽어?" "우린 어차피 산 게 아니야." "만들어진 세계는 사라진다." "사라진다, 끝난다." "끝나."

"토, 토키무네 군. 무슨 짓을 한 거죠?"

"우리가 당신을 따른 건 이 세계에 대해 아는 게 없고 불안했기 때문입니다. 하지만 여러분. 곧 끝날 세계를 속이는 규칙이 필요할까요?"

토키무네의 질문에 사람들은 저마다 서로의 얼굴을 바라봤다. 서로의 눈을 바라본 순간 조금 전의 긴장된 공기에 변화가 생겼다.

사실은 모두, 무의식적으로 알고 있었다.

그 사실을 이 자리에서 토키무네가 공식적으로 발표한 것뿐이다.

"맞는 말이야."

"어차피 끝날 거라면 사가미 말 들을 필요 없지."

"아니?!" 사가미는 놀라 주위를 두리번거렸다. "말도 안 돼!"

서로 동의가 이루어지자, 이야기는 빨리 진행되었다.

"그렇다면 얼른 돌아가자." "이럴 바에는 더 좋아하고 하고 싶은 일을 해야지." "세상이 끝나는 거면 냉동실에 있는 게나 먹어치우자."

사람들은 사가미를 무시하고 저마다 마음대로 떠들기 시작했다.

"아, 아, 아……아악!"

사가미는 커다란 소리로 절규하더니 단상에서 뛰어내려 와 사람들 얼굴을 차례로 가리켰다.

"다들 미쳤군. 이거 완전 말이 안 통하네."

"사가미 씨." 토키무네가 말리려 했으나 사가미는 완전히 동요해 계속 소리쳤다.

"이 세계는 어떻게 돼도 좋다는 거야?! 여기 정신이 제대로 박힌 놈은 없어? 멀쩡한 사람은 나 뿐인가?"

그때 무츠미가 차가운 표정으로 사가미 앞에 섰다.

"적당히 해. 아저씨."

"너!"

사가미는 무츠미를 향해 손을 들어 올렸다. 그러나 무츠미는 조금도 물러서지 않고 오히려 위협하듯 주먹을 쳐들었다. "헉!"

"이 세계는 환상일지 몰라도 현실을 좀 보란 말이야." 무츠미는 겁먹은 사가미에게 날 선 목소리로 말했다.

"아⋯⋯아아아아악!!"

마사무네는 내내 어리둥절한 표정을 짓고 있는 이츠미의 어깨에 살포시 손을 얹었다. 그 어깨는 너무나 작고 여려 아슬아슬하게 느껴졌다.

"꺄!"

밤의 시커멓고 짙은 바다에 이츠미의 신이 난 목소리가 빨려 들었다. "애. 여기 좀 얌전히 앉아 있어." 무츠미는 정신없이 달리고 있는 이츠미를 필사적으로 쫓아다녔다.

마사무네와 친구들은 방파제에 앉아 버스를 기다리고 있었다. 하라와 야스미는 지붕 달린 버스 정류장에 있는 듯한데 무츠미는 이츠미를 돌보느라 정신없어 둘과 어울리기는 힘들어 보였다.

"기운 넘치네." 사사쿠라가 노인 같은 소리를 하더니 힘없이 말했다. "그보다 나, 너무 놀랐어. 사가미, 정말 의외의 여자라니까."

"의외?"

"응. 여자 아나운서보다 여자 프로 레슬러 극악동맹 아니냐?"

이런 상황에서도 기어이 한심한 농담을 던지고야 마는 사사쿠라였다. "아이고, 예." 닛타가 적당히 받아주고 마사무네를 봤다.

"마사무네. 현실은 어땠어?"

"뭔가, 폐허 같았어."

"그 사고 때문인가?"

이 세계가 생긴 날에 일어난 제철소 폭발. 필요 없어진 시험공부를 하던 마지막 날의 추억.

"제철소가 없어지면 미후세도 끝이겠지."

이 땅에서 태어나고 자란 사람 대부분이 취업하고 대부분이 정년퇴직까지 일하는 곳. 제철소가 없어지면 미후세에서 생활할 방법이 거의 없어진다.

그때 잠자코 이야기를 듣고 있던 센바가 고개를 숙인 채 중얼거렸다.

"미후세'는'······."

모두 사이에 무거운 침묵이 흘렀다. 마침 그들이 앉은 곳은 자주 뛰어내리기 놀이를 하던 곳이다. 이 근처에서 높이가 훌쩍 높아진다. 더 높은 곳에서 더 위험한 곳에서 점프하려 했던.

맞다. 기절 놀이도 마찬가지다. 마사무네와 친구들은 가장 아플 만한 곳을 골랐다. 지루함을 달래려면 그럴 수밖에 없었다.

무엇보다 고통을 거의 느끼지 않았으니까.

그래서 더 고통을 원했다.

고통만이 아니다. 추위도 마찬가지다. 줄곧 겨울이 이어지는 세계인데도 고다쓰나 석유난로를 꺼내 스위치를 켜는 일을 잊고 만다. 필요하지 않으니까.

미후세에 사는 사람들은 언젠가부터 느끼고 있었다.

우리는 다 환상이다.

"뭐, 어때, 이렇게 된 마당에 그냥 고백해 버려."

지붕 달린 버스 정류장에서 고개를 숙인 하라의 등을 야스미가 거칠게 탁탁 치고 있었다.

"하지만 그렇게 쉽지가 않아, 그게……."

"같은 고등학교에 가면 어색할까 봐 말 못 하겠다며. 그런데 이제 그럴 일 없잖아."

"음……." 하라의 말문이 막혔다. 야스미는 놀리듯 미소 지었다.

"좋아하지?"

귀까지 빨개진 하라는 마음을 그대로 드러내듯 엄지와 검지를 꼬면서 말했다.

"조, 좋아해. 좋아하는 건 맞는데……."

"아파?"

하라와 야스미는 갑자기 날아든 목소리에 놀라 고개를 들었다. 어느새 이츠미가 버스 정류장을 들여다보고 있었다. "미안, 하라! 이츠미, 이제 좀 가자!" 무츠미가 급하게 쫓아 이츠미의 팔을 끄는데 이츠미는 싫다며 그 자리에서 버텼다.

"좋아해, 아파?"

하라에게 던져진 질문에 괜스레 무츠미가 충격을 받고 놀라 이츠미를 바라봤다. 하라도 말문이 막혔으나 그래도 결심한 듯 입을 뗐다.

"응. 아프긴 한데 뭐라고 해야 하지? '스위트 페인'이야."

하라는 최선을 다해 진지하게 답했다.

"풋!" 그러나 야스미는 웃음을 터뜨리고 말았다. "아, 하하하! 하라, 미안, 너무 웃기잖아"

"뭐가 웃겨?"

"스위트? 달콤한 고통이란 뜻인데 아프지만 행복하다는 거야.

그렇지, 하라? 하하하!"

"영원히 입 다물게 해 주마!" "꺅! 이 마조히스트, 하지 마."

이츠미는 요란을 떠는 두 사람을 신기하게 바라봤고 무츠미
는 잠시 씁쓸한 표정을 지었다.

$$-|-$$

다음 날 학교에서는 지금까지 제출한 '자기 확인표'를 돌려받
았다.

"이름 부르는 사람은 나와서 받아 가. 우에다……가네코……."

교사가 이름을 부르면 학생이 앞으로 나간다. 담임 교사는 모
아 온 확인표를 각자의 바인더에 정리해 보관해 두었다. 수없이
제출된 확인표는, 게다가 한 번도 빠지지 않고 제출한 학생의 확
인표 바인더는 상당히 두꺼웠다.

"지금 돌려줘도 아무 의미 없잖아." "태워 버리자." 학생들은
저마다 이야기했다. 그런 가운데 교사가 슬쩍 마사무네를 보고
이름을 불렀다. "기쿠이리."

"네!"

마사무네는 당황하며 교단 앞으로 걸어갔다. 표지에 성명이
적힌 게 전부인 바인더를 내밀었다. 확인표는 끼어 있지 않았다.

"결국 안 냈구나."

"죄송해요."

교사는 씩 웃고는 창밖을 바라봤다.

"네가 옳았는지도 몰라."

그곳에는 하얀 하늘을 너울너울 헤엄치는 신성한 늑대가 있었다.

미후세의 사람들이 이 세계를 환상이라고 이해한 그날부터.

머리 위를 올려다보면 늘 신성한 늑대가 있었다. 제철소는 쉴 새 없이 연기를 토해내며 늑대 형상을 만들었다. 신성한 늑대는 겨울 하늘을 선회하다가 균열을 발견하면 바로 달려들어 변형하며 균열을 막았다.

신성한 늑대가 생기는 이유는 균열이 끊임없이 생겼기 때문이다.

그 대상은 하늘이기도 하고 사람이기도 했다.

신성한 늑대는 균열의 기미를 알아내면 바로 달려들었다. 그리고 본능에 따라 오로지 그 균열을 메우려 한다.

어느 날은, 해변에서 낚시하던 초로의 남자. 좀처럼 물고기를 잡지 못해 해면을 응시하고 있었는데 신성한 늑대에 잡아먹혀 사라졌다. 남겨진 낚시용 조끼 주머니에는 멀리 떨어져 사는 손자의 사진이 들어 있었다.

어느 날은, 아이와 신호등 앞에서 기다리던 어머니. 생각에 잠긴 표정으로 아이의 손을 잡은 채 신성한 늑대에 잡아먹혀 사라졌다. 아이는 그 충격에 울지도 못했다.

어느 날은, 체육 수업을 받던 소년. 마라톤을 뛰고 있었는데 다른 아이들보다 몇 바퀴 뒤처져 달리고 있었다. 원래 빠른 편은 아닌데 그날따라 마음이 딴 데 가 있어 하늘을 올려다보며 그저 발만 움직이고 있었다.

그때 마사무네가 뒤에서 쫓아왔다.

"센바. 왜 그래? 표정이 안 좋아."

"실감을 느끼고 싶어서." 수업을 받던 소년 센바는 달리고 있었는데도 전혀 흐트러지지 않은 호흡으로 말했다. 마사무네는 무슨 소린지 모른 채 센바가 바라보는 곳으로 눈길을 돌렸다. 그곳에는 우아하게 헤엄치는 신성한 늑대가 있었다.

"요즘 종종 저러고 있어. 의미도 없이 빙글빙글……."

"의미는 우리가 없지."

늘 온화한 센바가 웬일로 차가운 목소리를 냈다. 마사무네는 다시 하늘에서 센바에게로 눈길을 돌렸다. 그 순간, 식은땀이 온

몸에서 분출했다. 센바의 목에서 가슴까지가 빛나기 시작한 것이다. 그리고 담력 시험이 있던 밤의 소노베와 똑같은 작은 균열이 생겼다.

"그저 미후세 안을 빙글빙글, 의미도 없이 빙글빙글. 아무 데도 나가지 못하고 아무 의미도 없이 빙글빙글……."

"센바!"

센바의 초점이 불안정해졌다. 가슴의 균열이 투둑투둑, 나뭇가지가 쪼개지듯 갈라졌다.

다음 순간, 쿵 격렬한 소리가 났다. 강렬한 바람이 머리 위에서 마사무네와 센바를 내리누르듯 불어왔다. 먼지가 그 무게를 날려버리려는 듯 상공으로 피어올랐다.

"꺄아아악!!"

여학생들의 귀를 찌르는 비명에 고개를 드니, 눈을 뜬 게 의아할 정도로 많은 모래 먼지 속에서 신성한 늑대가 이쪽을 향해 곧장 내려오는 게 보였다.

모두 당황해 땅에 엎드렸으나 센바만은 하늘을 가만히 올려다보고 있었다. 그것조차 다 모래 먼지에 가려 안 보이게 되었는데…….

"센바!!"

모래 먼지가 가라앉았을 때는 신성한 늑대도, 센바도 없었다.

"거짓말!""세, 센바가 사라졌어!""정말?!" 학생들은 저마다 떠들기 시작했다. 체육 교사가 호루라기를 불며 달려왔다.

"어이, 봤지! 마음에 균열이 생겼다고!"

마사무네는 멍하니 목소리조차 내지 못했다. 그저 그곳에 남겨진 센바의 체육복을 바라볼 뿐이었다.

그것은, 완만한 자살이었다.

방과 후, 마사무네와 친구들은 인적 없는 국도를 말없이 걷고 있었다. 경작하지 않는 밭과 시든 초목. 이곳의 여름 풍경을 완전히 잊은 마사무네는 여기에 무엇을 심었었는지도 잊었다.

언제나 마사무네와 닛타, 사사쿠라, 센바, 네 명이 걸어 돌아가던 길인데 오늘은 세 명이다. 한 명이 빠졌을 뿐인데 왠지 풍경이 바뀐 듯했다.

얼마 후 사사쿠라가 말을 꺼냈다.

"센바 아버지 눈썹, 센바랑 똑같아."

센바의 부모님이 교문까지 찾아왔다. 센바의 소지품과 사라지며 남긴 체육복을 받으러 온 것이다. 센바와 비슷하게 몸집이 작은 부부였다. 어머니는 울고 있었는데 아들의 이상한 소실에 교사를 책망하는 일은 없었다.

이상하지 않은 것은, 이곳에 존재하지 않는다.

보통 친구가 사라지면 더 충격을 받아야 하는 게 일반적이다. 그러나 사실은 자신들도 이 세계에 존재하지 않아야 한다. 센바가 소실을 선택한 계기는 누구에게나 평등하게 찾아올 것이다.

마사무네와 친구들은 놀라야 할지 슬퍼해야 할지 몰랐다. 그저 안타까웠다.

"다 사라지면 좋을 텐데." 사사쿠라는 분한 듯 중얼거렸다.

"그냥 놔둬도 이 세계는 곧 끝날 텐데." 마사무네는 계속 말하려다가 중단하고 대신 이렇게 말했다.

"꿈이 있었으니까. 센바에게는."

"꿈이?"

"젠장, 더는 못 참아. 다 개똥 같은 소리야."

"그만해. 늑대 오겠다."

마음의 균열을 발견하면 바로 달려들어 잡아먹으려고 신성한 늑대는 하늘을 천천히 돌고 있었다. 속내를 고백하면 바로 균열이 생기므로 세 사람은 그냥 말없이 걸었다.

마사무네는 사사쿠라를 비롯한 친구들과 헤어진 뒤 무츠미의 집을 향해 걸었다.

무츠미는 이즈미를 제5용광로에서 데려온 뒤로 학교에 나오지 않았다. 서로 익숙지 않은 점도 있고 생활도 크게 바뀌었을 것이다.

센바 일도 있어서 마사무네는 혼자 있고 싶지 않았다. 아무도 묻지 않았으나 그저 이츠미가 보고 싶어서 가는 거라고 마사무네는 마음속으로 다짐했다.

― 어디까지나 이츠미를 보고 싶어서 가는 거야. 무츠미가 아니야.

무츠미의 집 근처까지 갔을 때, 마사무네는 집 앞에서 작업하는 무츠미처럼 보이는 뒷모습을 발견했다. 무츠미는 벽의 낙서를 철 수세미로 문지르고 있었다. 얼마 전까지 없었던 낙서에 초점을 맞추던 마사무네의 얼굴이 점점 붉어졌다.

"이게 뭐야!"

벽에는 시커먼 스프레이로 '네 탓이야!', '암캐', '재앙을 몰고 오는 계집애' 같은 폭언이 휘갈겨져 있었다.

"이츠미 때문에 이 세계가 끝난다고 생각하는 사람이 있어."

"뭐?!"

"신의 여자가 도망쳐서 그런 거라고 사가미가 요란을 떨고 다니거든."

"그 새끼!" 마사무네는 화가 치밀어 저도 모르게 소리쳤다. 무츠미는 냉정했다.

"진실을 아는 사람이 아무도 없으니까 어쩔 수 없지."

"그렇다고 이츠미를 공격해 봤자 의미가 없잖아."

"마사미네!"

부엌 옆문이 열리고 이츠미가 빼꼼 얼굴을 내밀었다.

"안 돼! 안에 들어가!"

무츠미가 서둘러 제지하려 했으나 이츠미는 부루퉁한 얼굴로 일부러 문을 크게 열었다가 닫기를 반복했다. "야!" 무츠미가 다시 소리쳤으나 이츠미는 말을 들을 생각이 없었다. 마음껏 화를 내고 마음껏 반항한다. 두 사람의 거리가 훨씬 가까워져 있었다.

마사무네는 다시 벽의 낙서로 눈길을 돌렸다. 그곳에는 '악마'라고 적혀 있었다. 눈앞에서 아웅다웅하는 두 사람과는 너무 격차가 큰 단어였다.

마사무네는 생각 끝에 조금 긴장하며 제안했다.

"혹시 괜찮으면……."

그날 기쿠이리 집안의 저녁 식사 풍경은 평소와 전혀 달랐다.

지정된 좌식 의자에서 움직이지 않는 소지. 변화라고는 전혀 없는 요리를 고다쓰 위에 늘어놓는 미사토. 그러나 그 자리에는 무츠미와 이츠미가 있었다.

"정말 괜찮으시겠어요?"

"그럼! 학교 갔을 땐 내가 봐줄게. 마사무네가 부탁하는 건 정말 드문 일이거든."

이츠미는 눈앞의 음식에 눈을 번뜩이더니 손으로 집어 입으로 가져갔다.

"숟가락으로 먹어. 아, 진짜!"

이츠미는 소지의 그릇에서 돼지고기 감자볶음을 가져와 입안 가득 넣고 씹더니 눈을 동그랗게 떴다.

"맛있어. 이거, 좋아."

"다행이네. 더 먹어." 미사토는 그 순수한 반응에 환하게 웃었다. 그런데 이츠미는 거기서 먹던 손을 멈추고 조용히 중얼거렸다.

"근데 안 아파."

그때 오토바이 엔진 소리가 울려왔다.

"아, 토키무네가 왔네."

미사토가 고개를 들었다. 무츠미는 토키무네가 왔다는 소리에 살짝 긴장했다. "괜찮아." 마사무네가 가볍게 말을 걸었다.

실제로 이츠미에 대한 토키무네의 반응은 "그래?" 정도였다. 이츠미도 토키무네에게 특별한 감정은 없는 듯 태연히 계속 손으로 식사해 무츠미의 평화로운 "야!"를 양산했다.

"나, 갈게."

토키무네는 오토바이로 오면 고다쓰에서 자고는 했는데 불편했는지 술도 안 마시고 가볍게 식사만 마치고는 자리에서 일어섰다.

마사무네는 현관까지 배웅하며 질문을 던졌다. "사가미, 어떻게 하고 있어?"

"아아. 제철소에 안 나와. 같은 일당과 함께 뭔가 몰래 일을 꾸미는 듯한데……."

토키무네는 후 한숨을 내쉬고 마사무네를 똑바로 바라봤다.

"저 애를 잘 부탁한다."

무츠미와 이츠미는 마사무네의 방과 아코디언 커튼으로 나눠진 미사토의 방에서 지내게 되었다. 전에는 아키무네 부부가 사용해서 객실보다 넓다. 대신 미사토가 객실에서 자기로 했다.

마사무네는 영 차분해지지 않았다. 무츠미와 이츠미가 목욕하러 간다고 해서 방에 틀어박혀 그림을 그리다가 갑자기 '이걸 보게 되면 어쩌지?'라는 생각이 들어 황급히 방을 치웠다.

마사무네가 커피라도 끓이려고 1층으로 내려왔는데 욕실 쪽에서 "마사미네!"라며 마사무네의 운동복을 입은 이츠미가 달려왔다. 막 목욕을 끝냈는지 아직 머리가 젖어 있다. 고개를 드니, 역시 막 목욕을 끝낸 무츠미가 서 있다.

"씻어. 난 다 썼어."

무츠미는 미사토의 잠옷을 입고 있고 젖은 머리에는 수건을 감아 목덜미가 드러나 있었다. 마사무네는 깜짝 놀라 서둘러 눈길을 돌렸다. 그리고 이쪽을 흥미롭게 들여다보는 이츠미에게 말했다.

"아, 내 운동복, 잘 맞네."

"헤헷."

이츠미는 키득키득 웃으며 운동복 소매에 얼굴을 대고 쓱쓱 문질렀다. 그 표정에서 평소의 무구한 이츠미와는 다른 사랑스러움이 느껴졌다.

"……"

무츠미는 이츠미를 보며 어딘가 씁쓸한 듯한 옆얼굴을 보였으나 그녀를 똑바로 보지 못하는 마사무네는 알아차리지 못했다.

심야. 마사무네는 냉장고 모터 소리가 울리는 어두운 부엌에서 컵에 물을 가득 따라 단숨에 들이켰다. 옆 방에서 들려오는 웃음소리와 미미한 옷 스치는 소리에 신경이 쓰여 도무지 잠을 잘 수 없었다. 목이 바싹바싹 말랐다.

"후."

바로 옆 거실에 달빛이 들어오고 있는지, 상당히 눈부셨다. 자연스레 그곳을 보던 마사무네의 온몸에 소름이 돋았다.

거실에, 누가 있다.

조용히 침을 삼켰다. 발소리를 내지 않도록 조심하며 거실로 다가가던 마사무네는 드디어 깨달았다. 빛나고 있는 것은, 달빛이 아니라 밤하늘에 생긴 균열에서 나온 빛이었다.

그리고 깜빡깜빡 그 빛을 받으며 툇마루에 누군가가 앉아 있다. 남성 같았다.

"봐, 다 됐어. 무츠미."

"?!"

툇마루에 앉은 남자가 이쪽을 봤다.

어디선가 본 듯한 느낌의 중년 남성이었다. 아키무네와 닮았다고 생각했다. 중년 남성이 가지에 나무젓가락을 꽂아 말처럼 만든 형태의 물건을 들고 있었다.

"아버지랑 할아버지가 이걸 타시는 건가? 좀 귀엽네."

멀거니 서 있는 마사무네의 곁을 뭔가가 지나가는 느낌이 들었다. 놀라 그쪽을 보니 빛 속에 신문을 든 여성이 나타났다.

"아앗!"

마사무네는 저도 모르게 소리를 지르고 말았다. 그 중년 여성은 무츠미와 정말 닮았기 때문이다.

"석간지 왔어."

"아, 고마워."

남성은 여성에게 신문을 받고 자연스레 펼친다.

그리고 안에 들어 있는 전단을 보고 흠칫 놀랐다. 서둘러 덮으려 하는데 여성이 옆에서 손을 뻗어 전단을 빼앗았다. "내가 봐도 돼?"

오봉(매년 8월 15일을 중심으로 지내는 일본 명절) 맞이 불꽃축제 전단이었다. '부타지루(돼지고기에 채소를 넣고 끓인 맑은 된장국) 무료 배포' '추억의 미후세제철소 화물 열차가 달린다!' 같은 선전 문구가 사진, 그림과 함께 화려하게 적혀 있다.

"올해 오봉에는 불꽃놀이 안 할 것 같다더니……."

여성은 온화하게 중얼거렸는데 감도는 정적과 달리 강렬한 감정이 담겨 있는 듯했다. 남성은 분위기를 바꾸듯 말했다.

"근데 이번이 마지막이겠지."

"응. 마지막일 거야."

더 조용히 마음을 닫는 옆얼굴. 남성은 큰일 났다는 표정을 지으며 일어났다. "커피 내릴게."

"응."

아키무네와 닮은 남성이 마사무네 쪽으로 걸어왔다. 그에게는 마사무네의 목에 있는 점이 똑같이 있었다.

그렇다면 저 무츠미와 흡사한 여성은?

마사무네는 확실히 알아보기 위해 앞으로 나서려고 했다. 그때였다.

"위험해!"

무츠미가 뒤에서 마사무네의 등을 꼭 안고 잡아당겼다. 그 바람에 두 사람은 거실 다다미에 엉덩방아를 찧었다.

강한 바람이 불었다. 하늘을 올려다보니 신성한 늑대가 다가오고 있다.

신성한 늑대가 하늘에 생긴 균열을 메우자 곧 실내가 어두워지고 중년 부부가 스르르 사라졌다.

"실내에서도 현실이 보이다니……."

마사무네는 믿을 수 없다는 심정으로 무츠미를 바라봤다.

"넌 왜 안 놀라?"

"놀랐어. 균열에서 나온 빛이 반사되었나."

"그게 아니라!"

마사무네의 혼란을 알아차린 무츠미는 한숨을 작게 내쉬고 이츠미와 처음 만났을 때를 이야기하기 시작했다.

"쟤, 가방을 메고 있었어. 거기에 이름표가 있었지."

"이름표?" 마사무네가 되묻자, 무츠미는 가볍게 고개를 끄덕였다.

"기쿠이리, 사키."

마사무네의 심장이 쿵 크게 뛰었다.
"그럼 이츠미는 우리!"
"내 애 아니야."
무츠미는 마사무네의 말을 끝까지 듣지 않고 딱 잘라 부정했다.
"하지만 아까 그 여자는 너였어."
"그건 현실의 나야. 이 세계의 나와는 완전히 다른 사람이야."
"하, 하지만 아까 밥 먹을 때도 이츠미를 엄마처럼 챙겼잖아."
"내가 엄마였다면 딸을 그렇게 가둬 놓진 않았겠지. 몇 년이나 그렇게 괴로워하게 두지 않았을 거야."
"아……."
무츠미는 자책하는 듯 말하고 한숨을 쉬었다.
"하지만 그 사람은, 정말 다정한 엄마야. 그리고 사라진 딸을 아직도 기다리고 있어. 이츠미가 현실로 돌아갈 방법이 있을 리 없는데도."

조금 전까지 여름의 빛으로 가득했던 거실은 이미 겨울 심야의 차가운 냉기 속에 있었다. 그래도 오늘 밤의 마사무네는 여기저기서 생기를 느꼈다.

이츠미는, 현실에서 온 내 딸이었다.

환상 속에 존재하는, 유일한, 현실의 존재.

이츠미가 신의 여자로 불리며 제5용광로에 갇혀 있던 이유도 그거였을까.

그리고 여름철 툇마루에 있던 나이를 먹은 현실의 나. 옆에 있던 사람은 이츠미의 어머니이자 내 아내이기도 한 무츠미였다.

내 아내는, 무츠미였다.

- | -

다음 날 학교. 눈이 팔랑팔랑 흩날리는 쉬는 시간의 중정에서 닛타를 불러낸 하라는 얼굴을 붉힌 채 고개를 떨구고 있었다.

"정말? 난 진짜 몰랐어."

"나도 말할 생각 없었어. 그런데 이젠 더 무서운 것도 없고 닛타의 마음을 알고 싶었어."

닛타는 중얼대는 하라에게 시원하게 대답했다. "사귀자."

"뭐?! 그럼 너도 날 좋아하는 거야?"

"뭐, 좀 그런 것 같기도 하고⋯⋯."

닛타는 평소처럼 쿨하게 행동했는데 귀는 새빨갰다. 하라의 눈동자에 금세 기쁨의 눈물이 차올랐다.

"휘이이이익!" 느닷없이 엉터리 휘파람 소리가 울려 두 사람은 놀라 고개를 드니 교실 창문에서 친구들이 몸을 내밀고 있었다.

"어이, 키스해!" "하라, 축하해!" "결국 사랑이 이긴다!"

사사쿠라와 야스미가 복도에서 닛타와 하라를 내려다보며 소리를 질러대고 있었다. 센바가 사라지고 내내 무거운 분위기였는데 오랜만에 밝은 목소리가 울렸다.

마사무네는 설핏 웃으면서 슬쩍 무츠미를 봤으나 무츠미는 의식적으로 이쪽을 보려 하지 않는지 절대 눈을 맞추지 않았다.

‒ | ‒

방과 후. 마사무네와 무츠미는 서로의 친구들과 헤어진 뒤 제철소 쪽으로 향하는 국도변, 폐자재가 쌓인 공터에서 만났다.

무츠미와 이츠미가 마사무네의 집에서 지낸다는 사실은 친구들에게 비밀로 하기로 해서 학교 밖에서 만나기로 한 것이다.

먼저 도착한 마사무네는 가슴이 두근거렸다. 조금 전 하라의 고백을 봐선지 자신들이 사귀는 커플 같았다.

무츠미는 좀처럼 오지 않았다. 본격적으로 눈이 내리기 시작했으나 추위는 느껴지지 않았다.

이윽고 무츠미가 딱히 서두르는 기색 없이 오더니 말했다. "기다렸어?" "아니, 별로." 마사무네도 별일 아니라는 듯 대답했다.

오늘 아침, 집을 나오면서 먹고 싶은 게 있냐고 물었더니 이츠미는 "빵, 빛나는 거"라고 말했다. 빛나는 거란 알루미늄 포일의 은색을 말하는 것이겠지. 마사무네가 가져간 오토 스낵의 핫 샌드위치를 말하는 것이다. "마음대로 사료를 주고!" 무츠미는 사정을 듣고 마사무네를 나무라듯 말했다.

마사무네는 학교 끝나고 사 오겠다고 약속했고 무츠미와 함께 가기로 했다.

"우산을 가져올 걸 그랬어."

길에 눈이 살짝 쌓이기 시작해 주위는 수묵화 속 풍경처럼 변했다.

"일단 안으로 들어가자."

마사무네와 무츠미는 눈길을 헤치고 오토 스낵 안으로 달려 들어갔다.

날씨 탓인지 아무도 없는 조용한 가게 안의 파랑과 빨강 셀로

판을 붙인 조명은 주위를 그리 환히 비추지 못했다.

둘은 젖은 강아지처럼 부르르 몸을 털어 옷과 머리에 쌓인 눈을 털었다. 그다지 춥진 않았으나 몸이 젖으니 불쾌해서 마사무네는 난방을 켰다.

거대한 상자 같은 난방 스위치를 누르자 웅, 탁한 소리가 나며 살짝 석유 냄새가 나는 듯했다. 맞다, 이 세계에서는 냄새도 애매했다.

그런데도 이츠미만 강한 냄새를 풍긴 이유는 그녀가 현실의 존재이기 때문일 것이다. 그런 생각을 하니 가슴이 아렸다.

"난방, 켰어."

마사무네가 돌아보니 무츠미는 키 높은 스툴에 걸터앉아 젖은 치마를 짜고 있었다. 마른 정강이가 의미를 알 수 없는 색깔의 조명에 고스란히 드러나 있었다. 묘하게 야하다는 생각이 들어 마사무네는 서둘러 눈길을 돌려 창밖 하늘을 봤다.

이제는 희한하지도 않은 신성한 늑대 무리가 맴돌고 있다. 마사무네는 조용히 중얼거렸다.

"나 누가 고백하는 거 처음 봤어."

"그게 뭐?"

"하라는 자신감이 넘칠 줄 알았어. 근데 떨더라. 약해 보였어."

"하라는 여성스러워. 자기 확인표에도 장래 희망에도 사랑하는 사람의 신부가 되는 거라고 썼어."

"넌 뭐라고 썼어?"

"보모."

"넌 꼭 쓸데없이 거짓말하더라."

"쓸데없이 고집부리고 끝까지 안 쓴 사람보단 낫지 않아?"

마사무네의 말문이 막혔다. 무츠미는 가볍게 비웃었다.

"그냥 미술 선생님이라고 쓰면 됐잖아. 그림 잘 그리니까."

놀리는 말투이면서도 어딘가 온기가 느껴지는 무츠미의 말투에 마사무네는 깜짝 놀랐다. 그리고 저도 모르게 흥분하며 물었다.

"내가 그림 그리는 거, 좋아하는 거 어떻게 알아?"

"좋아하는 것까진 모르고 잘하는 건 알아. 우리가 몇 년째 같은 반인지 알아?"

딸깍. 마사무네의 안에서 무언가가 딱 맞아 들어가는 소리가 났다.

"그랬구나. 응. 역시 그래."

"뭐가?"

마사무네는 더는 망설이지 않았다. 꾸밈 없이 무츠미를 똑바로 응시하며 말했다.

"네가 좋아."

"……!"

무츠미는 순간, 숨을 멈췄다.

난방 가동 소리가 썰렁한 주변에 무겁고 길게 울렸다. 영원할 것만 같은 침묵이 이어졌으나 마사무네는 결단코 물러서지 않았다.

좋아하는 마음을 자각하고는 있었으나 인정하는 데는 고통이 따랐다. 하지만 무츠미와의 거리를 가깝게 느끼는 이 순간 자기도 놀랄 정도로 그 마음을 온전히 받아들일 수 있었다.

무츠미는 차갑게 마사무네를 노려봤다.

"비겁해."

"응?"

"현실에서 나를 가졌다고 여기서도 똑같을 줄 아는 거지?"

정답이었다.

정답이면서도 틀렸다. 마음을 전하는 데 분명 큰 도움이 되었지만 그게 다가 아니다.

"너도 알잖아. 내가 원래 너 좋아한 거."

"……"

"처음부터 알았잖아. 그래서 내 감정을 이용해서……."

"알고 있었어. 하지만."

무츠미는 스툴에서 일어섰다. 마사무네의 앞을 지나쳐 얼굴이 안 보이는 데까지 가서 등을 돌린 채 딱 잘라 말했다.

"난 너 안 좋아해."

"무츠미!"

그대로 무츠미는 오토 스낵을 나갔다. 마사무네는 바로 뒤를 쫓았다.

오토 스낵 주차장은 발자국이 남을 정도로 눈이 살짝 쌓여 있었다. 마사무네는 손을 뻗어 앞서 달리는 무츠미의 팔을 간신히 잡았다.

"기다려!"

"싫어! 넌 바보니까, 마사무네!"

무츠미는 완전히 화가 나 있었다. 언제나 새초롬했던 얼굴은 완전히 사라지고 없었다.

"난⋯⋯."

"우린 현실에 있는 사람들과 달라. 우린 살아 있지도 않아. 이런 거 다 의미 없어!"

무츠미는 마사무네의 팔을 힘껏 뿌리치려다가 균형을 잃고 눈 위에 쓰러졌다.

"으악!"

마사무네도 따라 쓰러지고 말았다. 주차장에 누운 무츠미 위로 덮치듯 넘어지고 만 것이다. 마사무네는 너무 거리가 가까워 서둘러 몸을 떼며 말했다. "미, 미안해!"

"자, 봐."

무츠미는 무슨 생각인지 마사무네의 머리를 안고 자기 가슴에 힘껏 당겼다.

무츠미의 가슴에 얼굴을 묻는 상태가 되자 마사무네의 얼굴은 화끈 달아올랐다. 무츠미는 놀라우리만치 조용한 목소리로 말했다.

"아무 냄새 안 나지? 난 환상이니까."

허를 찔린 마사무네는 입술을 깨물었다. 바로 부정하고 싶었다.

"눈이 와서 냄새가 흡수돼 사라지니까."

"살아 있지 않아서 냄새가 안 나는 거야."

"하지만 네 심장이 엄청 빨리 뛰고 있어."

"그건 살아 있는 거랑 상관없어."

"그럼 날 좋아하는 거네."

"안 좋아해."

"거짓말."

"넌 바보야."

두 사람 위로 조용히 눈이 쌓였다. 마사무네는 전혀 춥지 않았다. 하지만 그건 환상이기 때문이 아니었다.

"나, 이츠미랑 있으면 줄곧 날 괴롭힌 문제의 답을 찾은 기분이야. 이츠미는 눈을 크게 뜨고 모든 걸 보려고 해. 느끼는 모든 것에 온 마음이 움직여. 산다는 건 그런 거야. 이츠미를 보고 알았어."

"……"

"하지만 넌 그 이상을 알려줬어."

마사무네는 무츠미의 얼굴을 바라봤다. 아주 가깝다. 숨이 부딪힌다. 귓가가 뜨겁다. 심장이 불에 덴 듯 뜨겁다.

맞다. 열이 나서 추위가 느껴지지 않는 것이다.

무츠미와 이러고 있을 때 나는, 열 때문에.

"널 보면 좌절하고 네 말이 신경 쓰여. 네가 거슬리는데 또 두근두근하게 만들어."

"마사무네……"

"이츠미만이 아니야. 나도 여기에 진짜로 살아 있어. 너랑 있으면 더 생생하게 느껴져."

"……!"

무츠미는 무슨 말을 하려다가 멈추고 대신 마사무네의 심장 부근에 살며시 손을 댔다.

"마사무네도 심장이 빨리 뛰네."

155

"응."

닿은 손가락에 힘이 꾹 들어간다. 무츠미의 눈동자에 눈물이 차올라 있었다. 무츠미도 마사무네와 마찬가지로 열을 내고 있었다. 말하지 않아도 이렇게 강하게, 서로를 알 수 있을까.

"이렇게 하면 더 빨라져."

무츠미는, 아주 살짝, 정말 살짝 눈을 감았다.

마사무네는 무츠미의 긴 눈썹이 흔들리는 모습을 보고는 더는 참지 못하고 서둘러 입술을 가져갔다. 너무 서두르는 바람에 서로의 이가 부딪혔다.

아! 소리를 냈으나 그래도 멈추지 않고 다시 조심스럽게 입술을 겹쳤다.

마사무네와 무츠미의 어색한 키스.

서툰 키스에서 어떻게서든 정답을 찾으려는 듯 두 사람은 입술을 포개 나갔다.

그 모습을, 오토 스낵 너머에 있는 인도에서…….

이츠미가, 보고 있었다.

이츠미는 그날, 혼자 집을 보고 있었다.

시계 초침 소리만 들리는 조용한 방에서 크레용으로 그림을 그리고 있었는데 문득 고개를 들었을 때 눈이 내리고 있음을 깨달았다.

크레용으로는 그릴 수 없는 색깔의 폭신한 것에 이끌린 이츠미는 툇마루에서 정원용 샌들을 신고 비틀비틀 밖으로 나왔다.

그랬다. 이츠미는 그저 눈을 쫓고 있었다.

오토 스낵 주차장에서 마사무네와 무츠미를 발견하고도 이츠미는 그 둘이 뭘 하는지 몰라 주차장에서 자는 줄 알았다. 하지만 왠지 평소처럼 당연한 듯 달려갈 수 없었다.

두 사람은 입술을 맞대고 있다. 여러 번, 수없이.

그게 키스라는 행위임을 모르면서도 이츠미는 뼈저리게 이해했다.

"⋯⋯왕따."

이츠미가 중얼거리자마자 하늘에 우두둑 균열이 생겼다. 균열 뒤에는 격렬한 열의 기운이 있었다.

영원히 이어지고 있는 이 겨울 세계에는 이질적인 존재, 여름의 태양이었다.

계속 키스하는 마사무네와 무츠미의 머리 위에서 조용히 내리던 눈이 여름의 강렬한 빛을 받아 점차 무거운 빗방울로 변했다.

"비로 변하고 있어."

여름 햇볕을 받은 빗물에 젖으며 무츠미가 툭 내뱉었다. 그러나 마사무네는 아무 대답 없이 무츠미의 입술을 정신없이 탐했다.

"여름이……."

"미안. 여기서 멈추긴 싫어."

"아."

"터질 것 같아."

"응. 가슴 부서질 것 같아."

마사무네와 무츠미는 너무도 바보 같다고 생각했다. 이게 원숭이 같다고 했던 짓일까. 하지만 바보 같아도 상관없었다. 그야, 그동안 내내 참아왔으니까.

우리는 여름을 느끼는 일을, 참아왔다.

"아!"

이츠미는 멍하니 서서 여름비에 젖어 갔다.

마음도 몸도 출구를 잃은 흐린 하늘에 무수한 균열이 생겼다. 이츠미의 머리 위에는 갈라진 틈 사이로 폭력적으로까지 보이는 여름 하늘이 펼쳐졌다.

이츠미는 두 사람의 키스를 그저 멀거니 바라보며 자기 가슴을 꼭 안았다. 끓어오르는 이름 모를 감정, 그 날카로운 칼날이 그녀를 관통했다.

"아파……. 아……파……."

이츠미의 절규와 함께 격렬하게 갈라진 균열이 크게 어긋나
며 하늘이 쪼개졌다.

많은 장소에서 수많은 이변이 일어났다.

제일 먼저 제철소가 격렬하게 흔들리더니 이 세계가 된 후 쉬
지 않고 가동한 용광로가 격렬하게 비틀리며 가동을 중지했다.

여름철 구름이 그늘을 드리웠다. 굴뚝과 지면, 파이프에서는
남은 향 같은 연기가 조금씩 피어올라 신성한 늑대의 형태를 만
들기 전에 흩어졌다.

학교에서도, 상점가에서도, 항구에서도, 버스 정류장에서도.

눈이 비가 되었고 갈라진 틈으로 나온 강한 여름 햇살이 반사
해 지붕과 바다가 점점이 반짝였다. 겨울과 여름이 동시에 존재
하는, 기이하면서도 아름다운 경치에 사람들은 숨을 삼켰다.

그러나 이전과 크게 다른 점은 그동안 하늘에만 있던 균열
이 마을 여기저기에 생겼다는 점이다. 발밑이나 손 닿을 거리의
경치에까지 금이 가며 그곳에서 '같은 장소의, 현실 풍경'이 보
였다.

이를테면 일본 가옥에 생긴 균열에서는 허허벌판에 로프가 쳐진 공터가 보였다. 현실에서는 주인이 고령으로 사망해 철거된 채 방치되었을 것이다. 낡은 잡화점에 생긴 균열에서는 더 낡고 창문도 깨진 잡화점이 보였다. 쇼윈도에 놓인 상품에는 먼지가 쌓여 이미 영업을 중단한 듯하다.

현실에서는 이 세계보다 훨씬 시간이 흘렀을 텐데 도무지 발전한 흔적은 보이지 않았다. 오히려 쇠퇴한 듯한 미래 풍경은 여름의 색깔에 물들어 아주 조금 밝아 보였다.

넋을 놓고 눈앞의 경치를 한참 보고 있으니 그 균열이 자신들에게도 찾아왔다. 오른팔에 금이 생긴 순간 여름 아래에서 그 윤곽이 애매해졌다. 언젠가 마사무네가 그랬듯이.

"으악!" 황급히 손을 빼 보지만 모두 그 순간 당연한 듯 깨달았다.

환상은, 환상.

현실에는, 존재하지 않는다는 사실을.

균열에서 귀를 찌를 듯한 매미 소리가 들려왔다.

키스에 열중하고 있던 마사무네와 무츠미도 마침내 자신들의 상황을 깨닫고 정신을 차리고 서로에게서 떨어졌다.

"이게 뭐야? 이런 게, 현실?"

두 사람은 두리번두리번 주위를 둘러보다가 국도 너머에서 이츠미를 발견했다.

"이츠미?! 왜 나왔어?!"

마사무네와 무츠미는 황급히 이츠미에게 달려갔다. 그러나 이츠미는 굳은 표정으로 가만히 서 있을 뿐이다.

"이츠미, 왜 밖에……."

"왕따."

이츠미는 무츠미의 말을 막고 두 사람을 무섭게 노려봤다. 그리고 다시 말했다.

"난 왕따야."

"그게 무슨 말이야?"

마사무네는 이츠미의 어깨에 손을 얹으려고 했다. 이츠미는 그 손바닥을 힘껏 깨물었다.

"아야?!"

손을 빼려고 했으나 이츠미는 손을 문 채 놓으려 하지 않았다. 눈가에는 눈물이 달고 있는 이츠미의 필사적인 모습을 본 무츠미는 상황을 알아차리고 할 말을 잃었다.

"이츠미, 진정해!"

간신히 이츠미를 떼어내니 마사무네의 손바닥에는 잇자국이 그대로 남았고 피가 배어 있었다. 이츠미는 그대로 비틀비틀 걷기 시작했다.

"기다려!"

그때 무지막지한 방송 소리가 울렸다. 시가 소유한 선거 차량이었다.

「신성한 늑대가 멈췄습니다. 반복하겠습니다. 신성한 늑대가 멈췄습니다.」

마사무네와 무츠미는 서로의 얼굴을 바라봤다.

「여러분 신속히 대피하십시오. 시오미초, 야스데초 주민들은 미후세공회당. 모모세초, 아시나초 주민들은 미후세중학……」

- | -

밤을 맞은 공회당에는 자주 방재회라는 간판을 놓을 여유도 없이 수많은 사람이 빼곡하게 모여 있었다. 그 맨 마지막 줄에는 사가미가 일당을 거느리고 부루퉁한 얼굴로 의자에 앉아 있었다. 사가미 일당은 나이도 복장도 제각각으로 제철소 사람은 아닌 듯했다. 그들이 노려보는 가운데 토키무네가 제철소의 입장을 시민들에게 설명하고 있었다.

"최근 신성한 기계는 밤낮 가리지 않고 가동했습니다. 진실을 알고 나서 사라지고 싶어 하는 사람이 많았어요. 우리 마음의 금을 메우려고 신성한 기계가 끊임없이 작동했고 계속해서 신성한 늑대를 만들었죠. 그래서 용광로에 과부하가 걸린 건 아닌지……."

"아닙니다. 신의 여자가 달아났기 때문입니다." 사가미가 커다란 목소리로 토키무네의 설명을 가로막았다. "맞아!" "이제 알겠냐? 멍청이들아!" 일당들도 저마다 소리를 질렀다.

"또 헛소리를 지껄이는군." "멍청하다니!" 사람들은 서로 마주 보며 비웃었으나 사가미는 그 보란 듯한 위압적인 자세를 버리지 않았다.

"신성한 늑대가 없으면 갈라진 틈으로 현실이 밀려드는 건 시간문제입니다. 안타깝게도 우리 세계는 끝났어요. 아……아……."

대단한 말이라도 되는 양 시민들을 보는데 모두 아무 말 없이 사가미를 노려보고 있다. 그때 다시 사가미는 "아, 아"라고 말하고 몇 걸음 걷더니 다시 힐끔 사람들을 봤다. 역시 말리는 사람은 없었다.

"아……아아아!" 사가미는 마지막으로 크게 소리치고 사라졌다.

"사가미 씨, 잠깐만 기다려요!" 일당들이 외치며 그 뒤를 쫓았다.

"저 녀석들은 뭐야?"

사람들이 한심한 눈길을 던지는 가운데 토키무네만은 생각에 잠긴 모습이었다.

깊은 밤, 마사무네는 자기 방에서 소지품을 가방에 담고 있었다. 환상의 세계에서 어디로 피난하나 마찬가지일 테지만 말이다. 달빛이 아니라 균열에서 새어 나오는 빛 때문에 커튼을 쳤는데도 밝았다.

"마사무네, 잠깐 와볼래?!"

미사토가 불러 아래층으로 내려가니 함께 피난을 준비하던 토키무네와 소지도 손을 멈추고 놓인 종이 상자를 내려다봤다.

"토키무네에게도 보여주고 싶었어. 피난하려고 백중 선물로 받은 수건이나 챙기려고 벽장을 뒤졌는데 이게 나왔어."

미사토가 종이 상자를 열고 안에서 노트 한 권을 꺼내 마사무네에게 건넸다.

"이걸 찾았어. 네 아빠가 두고 간 노트야. 그 사건 후에도 계속 썼나 봐. 이즈미에 관해 적혀 있어."

아키무네가 쓴 일기였다.

"아버지의 일기?" 마사무네는 순간 망설였으나 각오를 다지고 페이지를 넘겼다.

8월 15일

철산에서 산사태가 나고 격렬한 균열이 생겼다. 이 세계가 생긴, 그날 이후 처음이다.

화물 열차에서 작은 여자아이를 발견했다. 독특한 냄새.

무척 겁을 먹고 있다. 균열에서 늘 보이는 여름 하늘과 매미 소리.

이 아이는 열차를 타고 현실에서 온 것이다.

"열차를 타고, 현실에서?!"

마사무네는 저도 모르게 소리를 내고 말았는데 소지가 가볍게 고개를 끄덕였다.

"신성한 산을 깎은 것이 신성한 기계가 됐다면 산을 운반하는 것도 신성한 기계가 될 수 있겠지."

"그럼 그 열차에 타면 이츠미가 돌아갈 수 있어?"

토키무네는 입을 다물었으나 마사무네는 정신없이 노트를 계속 읽어 나갔다.

8월 16일

여자아이는 제철소 내 휴게실에 두기로 했다. 총무팀 가시와키 씨와 이치카와 씨가 교대로 돌보겠다고 했다.

여자아이가 매고 온 가방에 이름표가 달려 있었는데 거기에 기쿠이리 사키라는 이름이 적혀 있었다.

처음에는 우연이라고 생각했는데 이름표 안에 들어 있는 가족사진을 보고 놀랐다. 나와 비슷한 또래의 아버지. 살짝 쑥스러워하는 미소가 낯익다.

목덜미. 마사무네와 똑같은 곳에 있는 점. 틀림없다.

이 아이는 돌아올 기척이 없는 미래에서, 마사무네의 딸이 되어야 한다. 그리고 내 손녀가 되어야 할 존재다.

"그랬던 거구나. 이즈미가, 마사무네의……."

미사토가 사랑스러움과 괴로움이 뒤섞인 목소리로 중얼거렸다. 마사무네는 굳은 표정을 무너뜨리지 않았다.

"알고 있었니?"

소지의 말에 가볍게 고개를 끄덕였다.

8월 17일

휴게소를 찾았다. 역시 여자아이, 사키는 지독한 냄새가 난다.

손으로 만지는 실감도 그렇고 사키가 현실의 존재임은 틀림

166

없다. 그렇다면 무슨 일이 있더라도 돌려보내야 한다.

사가미 군이 협력해 줄지 의문인데……. 아니, 괜찮을 거다.

무엇보다 미래에서 왔다는 사실은 물리법칙에서 어긋난 일이다.

사키가 있으면 이 세계에 어떤 영향을 줄지 모른다.

이를테면 사키가 성장하고 그로 인해 마음이 크게 움직이기만 해도, 이 세계에 이변이 일어날 가능성이 있다.

사키를 현실로 돌려보낼 방법을 함께 찾으면 된다. 이 세계를 구하는 게, 사키를 구하는 일과 이어질 것이다. 사가미 군에게 말해 보자.

"이츠미의 마음이 이 세계에 영향을 미친다고?"

현실의 존재인 이츠미가 환상의 세계에 존재한다. 모호하고 본래의 형태가 아닌 곳에 실존이 끼어든 것이다. 그것만으로도 세계를 파괴할 위협일 수 있음은 쉽게 상상할 수 있다. 게다가 아키무네의 희망은 사키를 구하는 일과 이어져 있었을 것이다.

8월 18일

사가미 군은 내 의견에 "완벽하게 같은 생각이다"라고 말했다.

하지만 "사키의 마음이 움직이면 이 세계에 이변이 일어난다"라는 생각에만 동의한다는 것이었다. 신의 여자가 마음을 움직이는 일은 부정한 거라며.

그렇다. 사가미 군은 신성한 기계가 자기 아내, 신의 여자로 삼으려고 사키를 불러왔다고 한다. 그녀를 이 세계에서 도망치게 둘 수는 없다고.

사가미 군은 사키를 제5용광로로 데려갔다. 이 세계를 유지하기 위해서 신성한 기계에 가둬야 한다고.

정말 그럴까, 이제는 모르겠다……

사가미는 아키무네의 생각을 곡해해 받아들였다. 그래서 이츠미를 더 가혹한 상황에 몰아넣는다.

?월 ?일

날짜를 쓰는 일도 오늘부터 그만두자.

시간 세기가 금지되었다. 저항해 봤으나 왜 저항할 마음이 필요할까. 밖에 내리는 눈을 바라보면서 여름이 끝나는 날을 쓰다니.

이런 날들에 적응하는 게 싫다. 하지만 적응이고 뭐도 아무것도 아니지 않을까. 우리는 실체가 없는, 신기루 같은 것. 현실을 사는 존재가 아니니까.

그런 생각도 사키가 왔기에 하는 거다.

사키를 보고 있으면 너무나 모든 게 실망스럽다.

냄새만이 아니다. 체온, 내뱉은 숨결. 아마도 마음까지도. 여기에 있으면 그녀의 윤곽은 점점 흐려질 뿐이다.

이런 생각을 나 혼자만 하는 게 아닌 듯하다. 사키를 돌보던 가시와키 씨와 이치카와 씨도 더는 무리라고 했다.

내가 대신하겠다고 했는데 사가미 군이 막았다. 신의 여자를 남자가 만져서는 안 된다고. 맡길 사람이 있다고 한다.

?월 ?일

사가미 군이 딸 무츠미 씨를 데리고 왔다. 가시와키 씨 대신에 사키를 돌봐주기로 했다.

무츠미 씨는 사키와 많이 닮았다. 사진 속에서 마사무네 곁에서 웃고 있던 그 여성과도 왠지 닮은 듯하다. 물어봤더니 마사무네와 무츠미 씨는 같은 반이라고 한다.

무츠미 씨일지도 모르겠구나. 그런 생각이 들었다. 마사무네, 사키와 함께 웃고 있는 사람.

사키는 무츠미 씨를 보고 웃었다. 여기 와서 처음 지은 미소다. 역시 알아차린 걸까. 자기 엄마라는 걸.

하지만 무츠미 씨는 줄곧 굳은 표정이었다. 사키와는 거리를 두고 접하려는 듯하다. 그녀 역시 뭔가 알아차렸을지 모른다.

?월 ?일

제철소에 갈 마음이 생기지 않는다.

편안한 마사무네의 방에서 만화를 읽는다. 수도 없이 읽은 만화. 캐릭터가 철학의 비밀 에네르게이아를 작렬한다.

이 만화 잡지를, 이 칸을 몇 번이나 읽었을까. 딱히 재미있는 것도 아니다. 내용도 다 안다. 대강은 알고 있는데 그래도 저항 없이 읽게 된다.

갇힌, 똑같은 세계. 기억력이 떨어지는 느낌이다.

그러고 보니 아리스토텔레스가 이렇게 말했다. 희망이란 눈을 뜬 자가 꾸는 꿈이라고.

희망을 품을 자격이 있는 소녀를 희생시키는 이 희망 없는 세계에 어떤 의미가 있을까.

?월 ?일

마사무네는 오늘도 그림을 그리고 있다.

아무리 그림을 잘 그려도 어른이 되지 못하는데. 미래로 보내 질 수 없는데. 그래도 점점 더 나아지고 있다.

이 이상한 세계에서도, 사람은 얼마든지 바뀔 수 있다.

마사무네를 보며 생각한다.

노트를 든 마사무네의 손이 떨렸다.

그대로 노트 위에 얼룩이 생겼다.

"맞아. 나 많이 늘었어요."

툭툭, 마사무네의 눈에서 눈물이 흘러나왔다.

"그림 실력이 는다고 여기서 나갈 수 있는 건 아니지만 아무 의미가 없다고 해도 매일 그리다 보니까 실력이 늘었어요."

마사무네는 노트를 사랑스럽게 쓰다듬었다.

"기뻤어요. 점점 잘 그리는 것도, 칭찬을 받는 것도 미래로 보내주지 않아도 상관없어요. 즐겁고 설레니까. 나는 여기서 살아가고 있으니까."

그런데 나는 사키가 달라질 기회를 빼앗았다.

"아!"

마사무네는 할 말을 잃었다. 이츠미의 상황을 누구보다 고통스러워한 사람은 아키무네였다.

하지만 내겐 무리였다.

아아, 지금 저편이 빛나고 있다. 제철소는 왜 언제나 빛날까. 늘 당연하다고 생각한 게 이제야 이상하게 여겨졌다.

어쩌면 일부러 잊으려 한 건지 모른다.

물리법칙을 어긴 존재가 근처에 있으므로 거짓말을 할 수 없게 된 것이다.

발밑이 눈부시게 느껴져 눈길을 떨어뜨리면 가슴 언저리가 빛나고 있다. 균열 같은 게 있다. 금이 가는 걸지 모른다. 인간에게도 생길까?

아니, 생각해 보면 산도, 하늘도, 인간도 다 환상일까.

연기가 나온다. 뭔가를 찾고 있는 듯하다.

아아, 나를 찾고 있구나.

밖으로 나가면 그 연기는 이 가슴의 균열에 뛰어들 것이다. 그리고 하늘의 균열을 메우듯 내 균열도 메우려 할 것이다.

하지만 어떻게 될까. 갈라진 마음이 수선되는 일이 있을까. 애당초 이 세계에서 나야말로 균열일지 모른다. 이 세계에 의문을 품었기 때문에.

　　나도 변하고 싶었다. 마사무네처럼.

　　하지만 내겐 무리였다. 그렇다면…….

그다음은 백지였다.

눈물을 주룩주룩 흘리는 마사무네의 등을 미사토의 손이 쓰다듬었다.

"마사무네. 아버지를 용서해 줘."

"내가 용서하고 말 것도 없어요."

마사무네는 손등으로 눈물을 닦고 소년다운 얼굴로 말했다.

"난 그냥 아버지의 칭찬을 받아서 기뻐요."

마사무네의 진심이었다. 너무나 좋아한 아버지에게 어떤 형태로든 인정받았다는 사실이. 소지도, 토키무네도 마사무네를 잠자코 지켜봤다.

마사무네는 결연히 고개를 들었다.

"삼촌. 나, 돌려보내고 싶어. 이츠미를 현실 세계로!"

- | -

"으쌰! 짐은 이게 전부지? 마사무네, 할아버지 잘 부탁해. 나중에 바로 따라갈게."

"응. 다녀올게요."

요란한 시동 소리와 함께 마사무네와 소지를 태운 경차가 사라졌다. 미사토는 경차를 배웅하고 기지개를 크게 켰다.

"자, 이제 우리도……."

그때 토키무네가 미사토 앞을 막아섰다. 긴장한 표정이었으나 그래도 눈길은 똑바로 미사토를 향하고 있었다.

"있잖아. 이 세계가 끝나기 전에 할 말이 있는데, 괜찮겠어?"

토키무네의 열띤 목소리에 뭔가를 느낀 미사토는 눈길을 돌리고 가볍게 미소를 지었다.

"아니, 안 들을래."

미사토는 허를 찔린 듯한 토키무네를 보고 웃었다.

"곧 모든 게 끝난다면 좋은 엄마로 끝낼래."

미사토는 그대로 토키무네의 곁을 지나쳐 집으로 돌아갔다. 토키무네는 말을 꺼내기도 전에 막히고 말았는데 그 표정은 어딘가 후련해 보였다. "그런가?" 그렇게 중얼거리고 고개를 들었다.

하늘에서 지상으로 이어진 균열은 신성한 늑대에 메워지는 일 없이 사방팔방으로 점점 퍼져갔다.

마사무네가 운전하는 경차는 중학교로 이어지는 국도를 나아 갔다.

"아아. 벌써 이렇게 보이는구나."

해안 국도에서는 현실이 여기저기 얼굴을 들이밀고 있었다. 여기는 밤인데 너머는 아직 저녁인 듯 어둠에 오렌지빛이 배어 있다. 그래서 길까지 균열이 생긴 곳은 통행이 금지되어 편도 1차선밖에 기능하지 않았다. 미후세에는 드물게 정체되어 있었다.

"역시 제철소에 사고가 일어난 날부터 내내 쓸쓸했어요."

마사무네는 균열을 통해 보이는 경치를 보며 툭 내뱉었다. 현실에서는 아직 해가 다 지지 않았는데 많은 점포가 셔터를 내리고 있었다.

"오봉이 끝나는구나."

현실의 국도에는 제등 같은 게 여기저기 묶여 있었다.

"맞다. 오봉 축제는 아직도 하는구나?"

마사무네는 기억을 더듬으며 흐뭇한 표정을 지었다.

"오봉 축제는 늘 재밌었어요. 불꽃놀이도 하고 포장마차도 잔뜩 있고. 야키소바, 사과 사탕, 활쏘기에 뽑기까지……."

그러자 소지가 창밖을 바라보며 중얼거렸다.

"난 이 세계가 별로 만들어졌다고 생각하지 않아."

"할아버지?"

"나도 같은 생각이야."

"응? 나랑?"

"미후세의 신은 제철소 폭발로 이 땅에 종말이 임박한 걸 아시고 가장 좋은 날들을 남겨두고 싶으셨나 봐. 모두 마을 칭찬하고 가장 기뻤던 시기를……."

미후세의 겨울 바다는 그저 조용히 빛나고 있었다.

학교 운동장에는 여러 대의 차가 세워져 있고 어른들이 담요를 옮기고 있었다. 현실이 여기저기 보였는데 아무래도 마사무네의 학교는 폐교가 된 듯 인기척은 없었다. "오호, 어떻게 되었지?" 중년 남자가 흥미롭게 안을 들여다보려고 했다. "위험해!" 어린애가 호통을 쳤다.

창에는 커튼이 쳐졌고 시민들이 직접 비닐 테이프로 틈을 가리고 있었다.

"최대한 틈이 없도록! 균열에서 나온 빛이 들어오지 않도록……."

종이 상자를 가져온 마사무네가 현관으로 들어가자, 「마을별로 들어가 주세요」라고 즉석에서 적은 보드가 복도에 붙어 있었다. 마사무네의 교실이 보였다.

교실에 들어가니 책상들을 뒤로 치워놔 완전히 피난소 같았다. 무츠미와 사사쿠라를 비롯한 친구들은 이미 도착해 창으로 들어오는 균열의 빛을 막는 작업을 하는 중이었다.

"어? 이츠미는?"

"하라와 애들이 돌봐주고 있어."

마사무네는 무츠미와 다른 친구들에게 아키무네의 노트를 이해하기 쉽게 설명했다.

제철소에 있는 '현실에서 온 열차'에 태우면 이츠미는 원래 세계로 돌아갈지 모른다. 그리고 이츠미의 존재가 이 세계의 존재와 관련되어 있을지 모른다고.

"뭐! 이츠미의 마음이 움직이면?"

무츠미는 뭔가를 알아차린 듯했다.

"하지만 현실 열차에 타는 사람, 이츠미 혼자?"

"누군가 운전해야지."

모두가 저마다 떠드는데 요란한 발소리가 다가왔다.

"싫어. 아파!"

달려온 이츠미는 마사무네를 보자마자 흠칫 급정지하더니 그대로 몸을 돌렸다. 그때 하라와 야스미가 쫓아왔다.

"잡아! 운동복이 더러워져 갈아입혀야 해."

"싫어. 안 벗을 거야!"

"너 진짜, 냄새가 난다고!"

이츠미는 운동복을 지키려는 듯 자기 어깨를 꼭 안았다. 마사무네가 '잘 맞는다'라고 칭찬하고 빌려준 운동복이다.

이츠미는 마사무네에게 고개를 돌리고 떼를 쓰듯 고개를 숙였다. 무츠미는 그 모습을 보고 씁쓸한 표정으로 미간을 찌푸렸다.

그때 교내 방송 벨이 울렸다. '딩동딩동'.

「신미후세제철소에서 알립니다. 체육관으로 모여주세요.」

"제발 이해해 주십시오. 현실 세계처럼 우리 힘으로 제철소를 가동할 수 있습니다. 그럼 신성한 늑대를 우리 뜻대로 만들 수 있어요."

토키무네가 체육관에 모인 사람들에게 강력하게 주장했다.

마사무네는 예상치 못한 토키무네의 말에 당황했다.

"잠깐, 무슨 소리야?" "어차피 세상은 끝난다며!" "발버둥 쳐도 소용없어." 사람들은 저마다 마사무네의 가슴에 깃든 생각을 대변하듯 소란스럽게 발언했다.

그러나 토키무네는 조금도 주저하지 않고 말을 이었다.

"맞습니다. 신성한 늑대가 나타나도 소용없을 수 있습니다. 하지만 그게 우리에게 1년이든 반년이든, 아뇨, 이 세계를 단 하루

178

라도 더 지속시킬 수 있다면⋯⋯."

토키무네는 작업원과 눈길을 맞추며 힘차게 고개를 끄덕이고 고개를 당당하게 쳐들었다.

"우린 포기하지 않을 겁니다."

"뭐!" 마사무네는 충격을 받아 할 말을 잃었다. "바로 그거야!" "잘한다, 기쿠이리, 배짱 좋다!" "에이. 이제 됐어. 귀찮아." 사람들은 저마다 손뼉을 치기도 하고 당혹스러운 표정을 짓기도 하는 등 다양한 반응을 보였다.

마사무네는, 분노로 얼굴이 벌겋게 달아올랐다.

"삼촌, 기다려! 농담이지?"

학교 주차장에서 토키무네가 오토바이에 타려고 하는데 마사무네가 달려왔다.

"이츠미를 구하는 걸 도와주는 거 아니었어?!"

"나는 형과도 사가미와도 생각이 달라. 이 세계의 존속에 이츠미는 관계없다고 생각해."

"그렇다면 이츠미가 탈출할 때까지만 기다려⋯⋯."

토키무네는 진지하게 말했다.

"이 세계가 되기 전부터 나는 기다리기만 했어."

무슨 말을 꺼내려는지 의아해하는 마사무네를 보며 토키무네는 기억을 더듬듯 가볍게 하늘을 올려다봤다.

"어릴 때부터 분위기를 살피며 독불장군 형에게 원하는 것을 전부 빼앗겼어. 장난감도, 필통도, 네 엄마도."

"뭐? 엄마라니?"

"나는 물건이 아니야."

그때 미사토가 다가와 딱 잘라 말했다. 그러나 토키무네는 전혀 물러서지 않았다. 오토바이 키를 돌리면서 단언했다.

"난 미사토가 좋은 엄마로 끝나게 둘 생각이 없거든."

"?!"

미사토와 마사무네를 두고 토키무네는 부릉부릉 엔진 소리를 울리며 사라졌다. 넋을 놓고 있던 마사무네는 곧 제정신을 차렸다.

"대체 무슨 생각인 거야? 됐어. 저런 사람 도움은 필요 없어!"

마사무네는 분개하며 학교 건물로 돌아왔다. 남겨진 미사토는 토키무네가 사라진 쪽을 바라보다가 눈을 가늘게 뜨고 코를 찡긋하며 웃었다.

"바보네. 말도 안 되는 바보."

마사무네는 교실로 돌아와 분필 소리를 내면서 초조하게 칠판에 지도를 그렸다. 제철소 안과 그곳에 배치된 열차 위치를 그린 지도였다.

"사랑에 눈먼 인간이 신성한 늑대를 부활시키기 전에 균열에서 나가야 해!"

"사랑에 눈먼 인간?"

사사쿠라와 친구들이 의아한 표정으로 서로를 쳐다보는데 교실 뒤에서 우두둑 소리가 났다. 이츠미가 화난 표정으로 창문을 가린 종이를 뜯어내고 있었다.

"어이, 그만해."

마사무네가 말리려고 다가가니 이츠미는 "미츠미 안 가!"라고 소리치고는 교실에서 도망쳐 나갔다.

"이츠미!"

"뭐야, 얘는 현실로 돌아가고 싶지 않은 거야?"

"그렇겠지. 왜냐면 과거에 대한 기억이 없을 테니까."

하라가 어렵게 입을 떼고 조용히 중얼거렸다.

"저기, 본인이 가기 싫다는데 억지로 보낼 필요는 없지 않아?"

"야, 이 세계는 곧 끝나. 이츠미는 살아남을 수도 있어."

사사쿠라가 마사무네의 마음을 대변했다. 그러나 도무지 마음이 놓이지 않아 마사무네는 무츠미에게 눈길을 돌렸다.

"무츠미, 네 생각은?"

무츠미는 대답 대신 휙 교실에서 나가버렸다.

"어이, 무츠미!"

마사무네는 서둘러 뒤를 쫓았는데 무츠미는 전혀 멈출 기미 없이 성큼성큼 복도를 걸어갔다.

"이봐!"

마사무네는 무츠미의 팔을 잡고 멈추려 했으나 그보다 빨리 무츠미가 몸을 돌려 마사무네의 멱살을 잡았다.

"?!"

너무나 폭력적이었으나 입술이 닿을 정도로 거리가 가까워 마사무네는 놀라며 그대로 몸을 굳혔다. 오토 스낵에서의 일이 생생하게 되살아났다.

무츠미는 그의 생각을 모두 알고 있는 듯 내뱉었다.

"우리가 키스했다고 너무 우쭐대지 마."

"뭐?"

무츠미는 멱살 잡은 손을 휙 놓았다. 그 내리깐 눈에서 후회의 감정이 배어 나왔다.

"이츠미가 봤어. 그렇다면 이렇게 갑자기 균열이 많이 생긴 게 설명돼."

"잠깐만, 무슨 소리야?"

"내게 이츠미를 맡긴 건 신의 여자는 다른 사람을 좋아하면 안 되기 때문이야."

무츠미는 마사무네를 똑바로 보며 말했다.

"그런데 이츠미는, 널 좋아해."

마사무네는 너무 놀랐다.

설마 그런 일은 있을 수 없다고 대답하고 싶었지만, 왠지 그 말이 맞는 듯했다.

환상의 세계가 되고 나서 아픔을 거의 느끼지 못했는데 이츠미에게 물린 손의 통증은 마사무네의 가슴에 생생하게 다가왔기 때문이다.

그때 사사쿠라 일행이 새파랗게 질린 얼굴로 달려왔다.

"마사무네! 이츠미가!"

"뭐! 어?"

"건배!"

밤을 맞은 교실에서 어른들이 술자리를 시작했다. 피난할 때 가져온 식재료를 조리 실습실에서 부인회 사람들이 요리해 늘어놓았다.

"그거, 마늘 불고기?"

"생강 불고기라고 생각했는데."

미사토는 뒤에서 모두의 책상에 절임을 놓으면서 웃었다.

"보기에 '같으면' 진짜와 그리 다르지 않지."

"다르지 않은 건 아니지."

책상 끝에서 우물우물 조용히 식사하고 있던 소지가 말했다.

"이게 진짜보다 훨씬 맛있어."

TV에서 「나는 전부 다 알고 싶어!」라는 수도 없이 들은 외침이 울려 왔다. TV 앞에 있던 초로의 남자가 모두를 돌아봤다.

"어! 이거, 늘 보던 드라마의 다음 내용이야?!"

"아니!!"

모두 서둘러 앞으로 달려가는 바람에 TV 앞에 소란스러운 사람 무리가 생겼다.

비를 맞으며 모든 걸 알고 싶다고 외치는 형사 앞에서 명백하게 수상한 존재였던 여자가 「그렇다면 다 알려주죠」라는 말을 꺼냈다. 지금까지 본 적 없는 영상이다. 사람들은 손에 땀을 쥐고 물끄러미 TV 화면을 바라봤다.

"설마 이 녀석은 아니지 않아? 너무 빤하잖아."

"지금까지 버텼던 것도 여기서 틀려고……."

「맞아. 범인은, 바로 나예요!!」

"뭐!!"

모두가 일제히 소리쳤다. "정말이야!" "이 녀석이 범인이라니, 한심하네." "민원을 넣자, 민원!" "현실에 전화하려고?" 사람들은 저마다 감상을 내뱉은 다음, 와락 웃음을 터뜨렸다.

"뭐야? 내가 예상한 범인이 훨씬 재밌었어."

"현실은 이 세계보다 훨씬 별 볼일 없네."

모두가 제멋대로 소란을 떠는 가운데 누군가가 조용히 중얼거렸다.

"이 세계, 다시 시작하면 좋을 텐데."

토키무네는 다른 작업원들과 함께 붉게 물든 제6용광로를 열심히 오가고 있다. 신성한 늑대를 토해내지 못해선지 열을 품고 있는 듯하다.

"이렇게 오래 가동하지 않았으니 녹슬고 굳어 버렸을 텐데……."

그러나 이곳은 환상의 세계이다. 시간 경과도 애매하니 열화가 일어날 일은 없을 것이다.

그때 작업원이 달려왔다.

"기쿠이리 씨! 사가미 녀석이 제5용광로에서 이상한 짓을……."

"내버려 둬." 토키무네는 말하며 고개를 들었다.

"사가미는 대단해. 처음부터 이 세상에서 즐기려고 했어. 그래. 우린 언제, 어디서나 생각 하나로 미래를 바꿀 수 있었어."

제5용광로에 축사가 울렸다. 신주 차림을 한 사가미가 일당과

몇몇 노인들을 데리고 신의 노여움을 가라앉히는 의식을 하는 듯하다. 신성한 늑대를 어떻게든 부활시켜 이 세계를 존속시키기를 바란다는 점에서 토키무네와 사가미의 마음은 일치했다.

사가미 일행이 축사를 올리는 등 뒤로 살짝 문이 열렸다. 마사무네와 무츠미가 얼굴을 내밀고 안을 살피는데 이츠미의 모습은 없었다. 머리 위를 보니 캣워크(작업장에 사용되는 안전 발판)와 이어진 작은 방의 문이 살짝 열려 있었다.

마사무네와 무츠미는 축사에 묻히도록 발소리를 죽이며 몰래 계단을 올라 문을 열었다. 그곳에는 용광로 안이라고 생각할 수 없을 만큼 아름다운 장식 창이 있는 서양 저택의 방이 펼쳐져 있었다. 그리고 섬세한 은장식이 새겨진 거울 앞에는…….

순백의 웨딩드레스를 입고 베일을 쓴 이츠미가 있었다.

"예뻐!" 무츠미가 절로 탄성을 올렸는데 이츠미는 잠깐 차가운 눈빛을 던졌다. 평소와 전혀 다른 이츠미의 아우라에 마사무네는 조금 긴장했으나 그래도 미소를 지어 보였다.

"널 데리러 왔어, 이츠미."

그러나 이츠미는 살짝 몸을 뺐다. 온몸에서 뿜어내는 거절의 아우라에 압도되어 마사무네와 무츠미는 자연스레 서로의 얼굴을 쳐다봤다.

"아주 힘들었어. 그 더러운 옷을 안 벗겠다고 어찌나 버티던지."

목소리가 들려 돌아보니 사가미가 싱글싱글 웃으며 서 있었다.

"하지만 저 아이는 여기 남는 걸 선택했다. 자진해서 신의 여자가 되겠다는데 왜 방해하려는 거지?"

"당신 멋대로 말하지 마. 이츠미는……."

"미츠미는 여기 있어."

딱 잘라 말하는 이츠미를 보고 마사무네는 할 말을 잃었다.

"참으로 아름답군. 네 어머니도 미인이었지." 사가미는 여유만만한 표정을 지으며 무츠미를 곁눈질했다.

"하지만 너처럼 날 경멸하는 눈을 하고 있었어. 이젠 상관없지만."

무츠미는 사가미를 노려봤다.

"난 엄마가 당신 욕하는 거 단 한 번도 들은 적 없어."

사가미는 무츠미의 말에 잠시 곤혹스러운 표정을 지었으나 바로 눈길을 돌리고 내뱉었다.

"그, 그것도 상관없어."

토라진 아이 같은 그 태도에 마사무네는 저도 모르게 독설을 퍼부었다.

"젠장. 아빠는 왜 이런 인간과 친구였던 거야?"

"친구?"

어리둥절한 사가미의 눈이 점점 빛을 내더니 휙 몸을 내밀었다.

"잠깐! 아키무네 씨가 정말 나를 그렇게 말했어?!"

"그것도 상관없지 않나?"

무츠미가 냅다 사가미를 발로 찼다. 갑작스러운 공격에 사가미가 균형을 잃은 순간, "가자!"라며 마사무네가 이츠미의 손을 잡고 달리기 시작했다.

"그건 상관있어! 대답해! 친구? 아키무네 씨가 나를?! 앗, 기다려!!"

마사무네 일행은 중정으로 달려와 도리이 앞에 놓여 있는 열차에 탔다.

"마침 잘 됐다. 이대로 열차를 타고 현실까지 가버리면!"

"가버리다니! 어떻게 움직이게 할 건데?"

사가미 일당은 바싹 뒤를 쫓아왔다.

"몰라! 하지만 일단 움직여 봐야지!"

"진짜 엉망이라니까!"

아무 계획도 없이 운전석으로 뛰어드니 차체가 쿵 하고 흔들렸다.

"어!"

마사무네 일행이 돌아보니 운전석에는 먼저 온 손님, 제철소 작업복을 입은 소지가 있었다.

"할아버지?!"

"꽉 잡아라." 할아버지의 늠름한 모습에 넋을 놓은 마사무네에게 소지가 말했다. 소지의 운전으로 움직이기 시작한 열차는 점차 속도를 냈고 차체가 흔들리며 주위 풍경이 빠르게 흘러갔다.

사가미 일당이 열차를 포위하려고 한 순간 열차의 경적이 크게 울렸다. 사가미 일행은 당황하며 몸을 굴려 선로 좌우로 피했다.

"이봐! 신성한 기계를 마음대로 움직이다니, 벌을 받을 거야! 그냥 벌이 아니라 천벌이라고!"

사가미 일당 중 하나가 경트럭에 올라탔다.

"빨리 쫓아가!"

트럭에 달려가 그 창문에 매달린 사가미가 소리쳤다.

"신성한 기계가 없으면, 나갈 수 없어. 그렇다면 목표는 신성한 기계 전복!!"

"할아버지, 기관사였어? 너는 몰랐어?"

"엄마한테 들은 기억이 있는 듯도 한데 할아버지는 거의 말이 없어서."

소지는 부정도, 긍정도 하지 않았으나 마치 어제까지 이 열차를 운전한 사람처럼 확실한 손놀림을 보여주었다.

이츠미는 입술을 앙다물고 의자에 앉아 있었다. 이 상황을 반기지 않고 있음을 온몸으로 표현하고 있다.

"이 앞의 포인트를 바꿔라."

그렇게 말한 소지의 눈길 끝에는 레일 위에 거대한 레버가 있었다. 레버를 바꿔 후진하지 않으면 제철소에서는 나갈 수 없는 듯했다.

마사무네는 아직 완전히 정지하지 않은 열차에서 뛰어내려 레버에 달려들었다. 너무 단단해 꿈쩍도 하지 않았으나 끙끙 신음하며 체중을 다 실으니 조금씩 움직이기 시작했다.

"교체 완료!"

간신히 성공하고 저도 모르게 어린애처럼 소리치며 열차로 돌아온 마사무네에게 소지는 미소를 지으며 고개를 끄덕였다.

열차는 바뀐 선로로 후진했다. 마사무네는 해냈다는 기쁨에 상기된 얼굴로 이츠미의 어깨에 손을 얹으려 했다.

"이츠미. 이제 괜찮아. 너는 이제 곧 밖으로 나갈 수 있으니까!"

이츠미는 그 손을 강하게 뿌리쳤다.

"아파!"

"어! 어디 다쳤어?"

"아파! 마사미네, 만지면 아파!"

그저 만졌을 뿐인데 고통을 호소하는 이츠미에 모두 당황해 하고 있는데 갑자기 금속음이 울려 퍼지고 차체가 격렬하게 진동했다. 마사무네 일행의 몸이 천장과 벽에 격렬하게 부딪혔다. 천지가 뒤집혔다.

"꺅!!"

"탈선 포인트인가?!"

소지가 고개를 들었다. 사가미 일당이 먼저 와 레일 앞에서 레일을 고의로 탈선시키는 레버를 작동한 것이다.

열차는 옆으로 쓰러져 뜻하지 않게 정지했다. 마사무네는 머리를 감싸고 일어나 모두에게 말을 걸었다.

"괜찮아?!"

"으, 응. 그런 것 같아."

엔진 소리가 다가왔다. 무츠미는 사가미 일행인가 싶어 황급히 이츠미를 감싸려고 했는데 다가온 왜건에 탄 사람은 하라와 야스미였다.

"이츠미를 이쪽으로!"

자갈을 튕기면서 달려온 왜건은 하라가 운전하고 있었다. 야스미는 왠지 어색한 표정을 짓고 있었다.

"하라, 고마워! 자, 먼저 타!"

마사무네는 감사 인사를 건네고 이츠미를 뒷자리에 태우려고 발밑에 엉켜있는 웨딩드레스 자락을 차 안으로 쑤셔 넣었다. 그리고 자기도 따라 타려 했는데 사사쿠라와 닛타가 탄 기쿠이리 집안의 경차가 달려왔다. 사사쿠라가 창문으로 고개를 내밀며 소리쳤다.

"마사무네! 하라를 믿지 마!"

무슨 소린지 몰라 당황하고 있는데 하라가 왜건을 급발진시켰다.

"앗. 아, 야?!"

왜건은 망연자실한 무츠미와 마사무네를 남기고 이츠미만을 태운 채 사라졌다.

"하라?!"

"이츠미를 뺏어 갔어……."

하라가 운전하는 왜건은 격렬하게 요동치며 제철소 부근을 빙 둘러싼 하천 둔치를 달렸다.

"운전이 너무 거칠잖아!"

"닥쳐, 미안!"

대화를 나누는 하라와 야스미와는 달리 뒷자리의 이츠미는 창밖을 물끄러미 바라보고 있었다. 균열 반대쪽 현실에 떠오른 오봉 축제의 불꽃놀이에 눈길을 빼앗긴 듯한데 어딘가 도전적인 눈동자였다.

하라는 그런 이츠미의 모습을 백미러로 바라보고 신나서 떠들었다.

"이츠미. 좋아하는 마음, 아프다고 했잖아. 그거, 정정할게."

이츠미는 놀라며 고개를 들었다.

"좋아하는 건 그냥 아프기만 한 게 아니야. 좋아하는 건, 내일도, 모레도, 할머니가 돼서도 가슴이 저릴 만큼 아주 간절히 그 사람과 함께하고 싶은 거야."

하라의 말에 이츠미의 눈이 동그랗게 커졌다.

"그거, 알아."

확신에 찬 말투였다. 그때 뒤에서 격렬한 경적이 울렸다. 마사무네와 무츠미를 태운 사사쿠라가 운전하는 경차가 무시무시한 속도로 다가오는 게 보였다.

이츠미가 갑자기 뒤에서 몸을 내밀어 핸들을 조작하려 했다.

"더 빨리!"

"앗! 위, 위험해!"

"더 빨리! 더, 더, 더, 더……."

왜건은 운전자를 잃어 비틀비틀 달리다가 뒤에서 다가온 경차와 쿵 부딪히고 말았다. 한편 마사무네 일행은 흔들리는 차 안에서 필사적으로 견뎌냈다.

"욱! 하라가 왜?"

"아마 끝내고 싶지 않았겠지. 닛타와 서로 사랑하는 세계를."

"얘들아, 내가 대신 사과할게."

"닛타. 저 범죄자 좀 말려봐."

"어, 하라!"

닛타는 흔들리는 차 안에서 간신히 창문을 열고 하라에게 소리쳤다.

"하라, 다시 생각해!"

"싫어!!!"

"이츠미!" 소리치는 두 사람 사이에서 마사무네가 말을 걸었다. 그러나 이츠미는 손으로 귀를 막고 뒷자리에 엎드리고 말았다.

"아아. 사사쿠라. 속도를 더 낼 수 없어?"

바로 그때 멀리서도 가까이에서도 뱃속에서 솟아오르는 듯한 낮은 소리가 울리기 시작했다. 현실의 오봉 축제에서 울리는 축제 음악의 큰북 소리였다.

"오호! 점점 재밌어지네!"

사사쿠라는 힘껏 액셀을 밟아 왜건을 추월하려 했다. 그때 격렬한 소리를 내며 경차가 무섭게 미끄러지더니 풀이 무성한 경사면으로 굴러떨어졌다.

"꺄……악!!"

그 광경을 본 하라는 창백해져 경차로 달려갔다. 여기저기 상처가 난 차 안에서 사사쿠라는 핸들에, 닛타는 조수석 대시보드에 힘없이 엎드려 있었다.

"닛타! 다들, 말도 안 돼!"

하라는 황급히 조수석 문을 열었는데 닛타는 눈을 감고 축 늘어져 있었다.

"닛타, 안 돼. 죽지 마!"

하라는 닛타에게 손을 뻗었다. 그러자 눈을 감고 있던 닛타가 하라의 팔을 움켜쥐고 "잡았다!"라며 꼭 안았다.

"날 속였어."

하라는 얼굴을 붉히면서도 저항하지 않고 품에 안겨 있었다. 운전석의 사사쿠라도 아이고 소리를 내며 일어나 말했다. "인간 이길 완전히 포기한 건 아니네."

이미 경차에서 내린 마사무네와 무츠미는 기묘한 소리를 들었다.

"신의 여자를 돌려주지 않으면 신의 벌이 임할 것이다!"

사가미 일당이 탄 경트럭이 하천 둔치 너머에서 달려왔다. 사가미는 짐칸 위에서 확성기를 들고 축사 같은 말투로 소리쳤다.

"반항하면 할수록 네 영혼은 저주받아 결국 파멸하게 될 것이다."

마사무네와 무츠미는 왜건으로 달려갔다. 뒷좌석에는 이츠미가 몸을 굳히고 있었다. "이츠미." 마사무네가 말을 걸었으나 휙 고개를 돌리고 말았다.

"……"

마사무네와 무츠미는 서로의 얼굴을 보고 가볍게 고개를 끄덕인 다음 마사무네는 운전석으로, 무츠미는 이츠미와 함께 뒷자리에 올라탔다. 마사무네는 바로 액셀을 힘껏 밟았다.

창밖을 물끄러미 바라보는 이츠미를 태우고 왜건은 달리기 시작했다. 이츠미는 처음에는 부루퉁했으나 지금은 오봉 축제에 마음을 빼앗겨 눈길을 뗄 수 없었다.

차는 해안 국도로 나왔다. 현실에서는 이미 차량 통행이 금지되고 음식을 파는 포장마차가 늘어서 있었다. 제등도 걸리고 축제 음악이 점점 커졌다.

"현실의 소리가 이렇게 울리다니……."

"시간이 없어. 이러다 우리랑 같이 사라지겠어."

균열에서 보이는 현실의, 아직 완전히 어두워지지 않은 하늘에 선명한 붉은 색이 커다랗게 원을 그리며 나타났다. 그 일부가 초록색으로 바뀌었다. 그리고 조금 뒤늦게 공기를 흔드는 듯한 파열음이 울렸다.

"불꽃놀이야!"

"와아아아아!"

"그만하라고. 이츠미! 아야!"

이츠미는 흥분해 창문으로 몸을 내밀었고 베일이 바람에 나부꼈다. 무츠미는 차 안으로 다시 끌어당기려 하지만, 이츠미가 몸부림을 쳐 마음대로 되지 않았다. 마사무네는 황급히 차를 멈췄다. "위험해." 마사무네는 말을 걸려다가 깜짝 놀랐다.

──균열 사이로 보이는 현실.

방파제에 앉아 서로 몸을 기대고 바다에서 쏘아 올라온 불꽃을 바라보는 사람들.

술을 마시면서 타코야키와 오징어구이를 먹고 장난감 요요를 돌리며 신난 사람들.

마사무네는 발견했다. 신나게 오봉 축제를 즐기는 사람들 속에서 왜건 앞을 멀거니 걷는 조금 야윈 중년 남성. 어른이 된, 자신을.

"아!"

현실의 마사무네는 비닐봉지를 들고 있다. 편의점에서 산 반찬인 듯하다. 축제 날인데 그럴듯한 음식을 사지도 않고 불꽃에서도 고개를 돌리고 있다. 그저 집으로 가는 걸음을 재촉할 뿐이다.

"아버지의 일기. 이츠미가 이리로 온 날은 틀림없이 오봉 축제 날이었어." 마사무네가 중얼거렸다.

"아!" 무츠미가 이츠미를 바라봤다. 이츠미는 현실의 마사무네를 잊었는지 반짝이는 눈망울로 불꽃놀이만 올려다보고 있었다.

오봉 축제 날에 현실 세계에서 환상의 세계로 들어온 조그만 여자아이.

마사무네는 생각했다. 어쩌면 현실의 우리는 가족이 함께 축제에 나갔을지 모른다. 그리고 이츠미를 잃어버려……

박하파이프(막대기 형태 위에 유행하는 캐릭터 인형이 달린 파이프)를 파는 포장마차 앞에서, 갑자기 현실의 마사무네가 걸음을 멈췄다. 그리고 생각했다. 오봉 축제가 열렸던 그날 밤을.

"이거 갖고 싶어."

그날의 사키는 박하파이프 포장마차 앞에서 어리광을 부렸다.

"아가! 그거 막 만지면 안 돼."

"사줄 때까지 안 가."

사키는 떼를 쓰는데 무츠미에게는 뭔가 생각이 있는 듯하다.

"그래, 마음대로 해. 우린 간다! 가자, 마사무네."

무츠미는 마사무네의 팔을 잡고 걷기 시작했다. 사키는 부루통한 얼굴로 가만히 있었다.

"괜찮을까?"

"괜찮아. 포기하고 쫓아올 거야."

무츠미는 그렇게 말하다가 갑자기 불안해져 고개를 돌렸다.

"사키?!"

그런데 그곳에 사키의 모습은 없었다.

오봉 축제 현장에서 사키의 수색이 이루어졌다. 그러나 이미 시작된 불꽃놀이를 중지할 수 없어서 소란스러운 회장 속에서 "애를 잃어버렸대." "어머!" 같은 수런거림이 섞였을 뿐이다.

그날 밤 이후 마사무네와 무츠미의 인생은 사키를 찾아다니는 일로 점철되었다.

무츠미는 다른 사람이 된 듯 신경과민이 되었다. 마사무네가 혼자 외출하려고 하면 예민해져 불안해하며 소리를 지르기도 했다. 이제 슬슬 둘째를 갖자고 얘기했었는데 그 말도 사라졌다. 그저, 그저, 사키만 찾아다녔다.

미후세 곳곳을 미친 듯이 찾고 전단을 붙이고 도움을 청하고 필사적으로 경찰에 수색을 요청했다. 하루, 일주일, 1년, 3년……

그래도 사키는 발견되지 않았다.

"자, 거스름돈이요. 따님이 좋아하겠어요."

현실의 마사무네는 깜짝 놀라 고개를 들었다. 거의 무의식적으로 박하파이프를 산 것이다. 그날 사키가 가지고 싶어 했던, 여자애들이 좋아하는 애니메이션의 여주인공이 달린 파이프와 비슷했다. 10년이면 방영되는 애니메이션도 변할 테니 아마도 그때의 캐릭터는 이미 팔지 않겠지.

순간 얼굴을 일그러뜨린 현실의 마사무네는 그대로 이쪽, 환상의 마사무네 일행이 타고 있는 왜건을 향해 걸어왔다.

그리고 지난 10년, 한순간도 잊지 못하고 내 인생을 버려도 좋다고 생각할 정도로 그리던 성장한 딸의 앞을 지나쳤다.

이츠미는 현실의 마사무네가 자기 앞을 지나간 순간, 눈을 깜빡였다.

"마사, 미네?"

마사무네는 사라지는 현실의 마사무네의 등을 백미러로 바라보며 중얼거렸다.

"그래, 맞아. 우린 웃을 수도 울 수도 있어. 이 세계에서도 사실 얼마든지 자유로울 수 있었어. 하지만 현실의 우리는 달라. 그들은 어디든 갈 수 있지만 마음은 매일 갇혀 있어. 어디에도 갈 수 없는 것처럼."

불꽃이 흩어진다. 작아지는 현실의 마사무네의 뒷모습에서 무츠미는 힘겹게 눈길을 돌렸다.

"응. 그러네."

"난 이츠미만 풀어 주고 싶은 게 아니야. 현실의 우리도 풀어 주고 싶어."

이츠미는 마사무네와는 다른 데 정신을 팔고 현실의 불꽃을 바라보며 애절하게 중얼거렸다.

"우리."

거기에 자기는 포함되어 있지 않다고 생각하며.

언제나 자신은 이들 안에 들어갈 수 없다고 생각하며.

제철소에서는 제6용광로 안까지 현실이 다가왔다. 균열을 피하면서 용광로 재가동에 나선 작업원들에게 제한이 생기고 말았다.

"위험해! 현실로 완전히 들어가 버리면 우린 사라져!"

"하지만 더는 움직일 곳이 너무 적어서……."

"소용없어요. 기쿠이리 씨."

"아직 안 끝났어! 이렇게 못 끝내!"

토키무네가 소리쳤을 때였다.

콰르릉, 쿵쾅.

불꽃 소리보다 훨씬 큰, 철산이 산사태를 일으키는 소리가 제철소까지 울려왔다. 동시에 제6용광로의 거대한 굴뚝이 붉은 열을 내기 시작했다. 제철소의 여기저기에서 연기가 나오더니 그곳에서 생긴 신성한 늑대가 유유히 하늘을 날기 시작했다.

"신성한 늑대야!!"

와! 작업원들이 환호성을 질렀다. 토키무네는 그 자리에 주저앉았다.

"하…… 하하……."

사가미 일행도 제철소에서 신성한 늑대가 솟아오르는 모습을 봤다.

"우리 기도를 들어주셨다!"

일당이 흥분하는 가운데 사가미는 순간 입술을 깨물었다. 이걸로 이 세계의 붕괴는 얼마간 막을 수 있을 것이다. 사가미도 알고 있었다. 이게 미봉책임을. 그래도 할 수 있는 일은 다 해야 한다.

"자, 이제는 신의 여자를 찾아옵시다!"

신성한 늑대는 유유히 하늘로 올라가 여기저기 생긴 균열로 들어갔다.

너무 크게 갈라져 있어서 평소보다 훨씬 복원에 시간이 걸렸으나 그래도 확실히, 또 성실히 신성한 늑대는 열심히 균열을 메우고 다음 균열로 옮겨갔다.

"큰일이야! 더는 시간이 없어."

마사무네와 무츠미는 터널로 향하는 차 안에서 필사적이었다.

자신들은 환상이고 여기에 존재하는 게 이상한 존재다. 하지만 현실로 이츠미를 돌려보낼 수 있다면 그것만으로도 의미 있는 존재가 된다.

다 사라지더라도 이츠미만은 부디.

왜건을 타고 터널을 통과할 수 있으리라고 생각지는 않았다. 신성한 기계라면 나갈 수 있을지 모르나 열차는 이미 전복되고 말았다.

그래도, 그래도…….

환상과 격리된 공간에 금이 갔다는 것도, 그것들이 엄청난 속도로 복원되는 것도 보일 리 없는 현실에서는 집에 돌아가려는 마사무네가 선로 옆을 통과하는 참이었다. 카메라를 든 사람들이 모여 있었다.

이번 오봉 축제에서는 폭발 사고를 계기로 닫힌 제철소가 오랜만에 열차를 운행한다고 한다. 현실의 마사무네는 멀거니 그 모습을 바라보고 있었다.

"싫어. 이거 사줘!"

가족 나들이 손님 중 아이가 포장마차를 보며 떼를 쓰고 있었다. 마침 그날의 사키처럼. 마사무네는 자신이 지금 가지고 있는 것을 집에 돌아갈 때까지 반드시 버려야 한다고 마음먹었다. 이걸 보면 무츠미는 무슨 생각을 할까.

"이거, 괜찮으면."

마사무네는 떼를 쓰고 있는 아이에게 박하파이프를 건네고 답을 듣지도 않고 자리를 떴다.

"에이. 이런 거 필요 없어. 엄마⋯⋯." 아이는 빛의 팔찌를 가지고 싶어 했다.

"그냥 거기 아무 데나 놔." 엄마도 당황한 표정으로 내뱉었다.

그의 등 뒤에서 확성기를 든 역무원이 촬영하는 사람들에게 소리쳤다.

"기념 열차가 출발합니다. 운전석을 촬영하고 있는 분은 밖으로 나와주세요!"

터널로 향하는 고갯길을 달리던 마사무네 일행은 경적이 울려 퍼지는 미후세를 내려다봤다.

"아, 저거?!"

뒤쪽 고가다리 위에 현실에서의 불꽃놀이 빛을 반사하면서 열차가 다가오는 게 보였다.

"열차!"

"왜?! 누가 운전하지?!"

"아니야. 저건 현실에서 온 열차야!!"

아주 멀리 터널 끝에는 아직 균열 틈이 남아 있었다.

"저 열차에 이츠미를 태우면!"

"어떻게?! 균열 반대편에 있잖아!"

마사무네는 힘껏 액셀을 밟았다.

"어떻게든 할 거야!"

현실과 환상이 뒤섞인 가운데 현실에서 사람들이 오봉 축제를 즐기며 환하게 웃는 모습을 피난 중인 환상 속 사람들은 애절하게 바라보고 있었다.

"오호, 신성한 늑대가 애를 쓰고 있네." "점점 사라지네." "어! 철물점 집 아들 아냐?" 조금 안정을 찾았는지 점점 닫히는 현실에서 아는 얼굴을 찾아본다.

"아, 저기. 저 사람, 야마사키 씨 아냐?"

임신한 모습으로 환상의 세계를 살아온 여성은 딸처럼 보이는 소녀와 걷는 나이 든 여성의 모습을 봤다.

모녀는 친구처럼 알 수 없는 내용물을 넣은 소다를 포장마차에서 사 마시며 나란히 웃고 있다.

그녀는 그 광경을 보며 자기 배를 쓰다듬으며 눈물을 흘렸다.

신성한 늑대가 균열을 메우자, 사이 좋은 모녀의 모습도 사라졌다.

마사무네가 운전하는 왜건이 덜컹덜컹 산길을 가고 있다. 핸들을 잡은 마사무네의 손에 땀이 밴다. 격렬하게 흔들리는 차 안에서 이츠미는 태평하게 "오오오오오!"라며 소리를 질렀다. 떨리는 목소리로 보아 즐거운 모양이다.

그 순간 갑자기 주위가 일그러지며 풍경이 바뀌었다.

같은 산의 녹음이라도 손질이 안 되어 있음을 알 수 있었다. 그곳에 알록달록한 불꽃놀이가 터졌다가 사라지며 환상보다 훨씬 짙은 녹음이 드러났다.

"균열에 들어왔어!"

소리치는 무츠미를 이츠미는 어리둥절하게 바라봤다.

"이상해."

"응?"

그 말을 듣고서야 깨달았다. 무츠미의 손바닥이 살짝 흔들리고 있다. 무츠미가 황급히 고개를 드니 마사무네 역시 몸의 윤곽이 애매해지고 있다.

이곳은 현실이다. 현실 속에서 환상은 살 수 없다.

"우리는 여기까지인가. 사라지나?!"

"알아! 하지만 현실 열차에 태울 방법은 이거밖에 없어!"

신성한 늑대가 열차 상공의 균열에 달려들려 하고 있다. 그러자 지직, 소음이 차 안에 울려 퍼졌다.

「잠자는 어린 양님이 보내주셨습니다.」

높고 독특한 DJ의 목소리, 센바가 좋아한 라디오 프로그램이다.

「입시 공부가 너무 싫어요. 죽고 싶다는 생각이 들어요.」

"풋……!" 마사무네가 갑자기 웃음을 터뜨렸다.

"하하하! 그래? 그럼 죽어!"

마사무네가 웃으며 소리치자, 이츠미도 즐거운 듯 그를 따라 "죽어!"라고 소리쳤다. "그런 말 하지 마!" 무츠미가 엄마처럼 소녀를 달랬다.

"죽는 게 어떤 건지도 모르면서. 그렇게 쉽게 말하지 말라고!"

"우리도 모르는 건 마찬가지야."

"난 알고 싶지도 않아!"

마사무네는 액셀을 더 힘껏 밟았다. "꺅!" 무츠미는 한 손으로 이츠미를 감싸며 다른 한 손으로는 앞 좌석을 꽉 붙잡았다.

「도망갈 곳이 없는 그 느낌이 싫어요」

마사무네가 운전하는 차는 옆길로 빠져 올라갔다.

"어딘가엔 빛이 있어."

「아무리 멀리 가도 이 어둠은 끝나지 않을 것 같아요.」

불꽃이 확 퍼졌다 사라진다.

"비추는 빛은 어디든 있어!"

「환경이 바뀌면 되고 싶은 것도 찾을 수 있지 않을까요? 그러면 지금보다 더 멋진 내가 될 수 있지 않을까 싶어요. 고등학교에 합격하면 염색도 하고 다이어트도 하고……」

"합격 못 해도 달라질 수 있어."

"마사무네, 앞에!"

「일주일에 책 한 권씩 읽고 종종 부모님도 도와드릴 거예요.」

마사무네가 정신을 차리니 눈앞의 길은 절벽이 되어 있었다.

「그러니까 꼭 합격하게 해 주세요, 신이시여, 제발요!」

왜건이 가드레일을 넘어 절벽에서 크게 점프했다.

비명을 지를 틈도 없이 왜건은 아래쪽 철교로 낙하해 선로 옆에 떨어졌다.

"윽! 어, 어이. 괜찮아?!"

마사무네의 부름에 뒷자리에 쓰러져 있던 무츠미와 이츠미가 비틀비틀 고개를 들었다. 곧 귀청을 찢을 듯 커다란 경적 소리가 울렸다. 현실의 열차가 이쪽을 향해 달려오고 있었다.

"충돌하겠어!"

마사무네 일행은 저도 모르게 눈을 질끈 감았다. 열차는 끼이이이익, 신경을 긁는 소리를 내며 간신히 마사무네 일행 앞에서 정지했다.

현실에서는 기념 열차 운전석에서 초로의 운전사가 앞을 응시하고 있었다. 「왜 그래?」무선에서 소리가 났다.

"죄송합니다. 차가 선로로 뛰어든 것 같아서……."

마사무네 일행은 차 밖으로 뛰어나왔다. 정지한 열차라니, 절호의 기회다. 짐차 연결 부분에 태우려고 마사무네는 이츠미의 손을 잡고 당겼다.

"자, 이츠미. 얼른!"

그러나 이츠미는 싫다며 말없이 고개만 저었다. 마사무네는 울 것 같은 심정으로 "이츠미, 부탁이야! 지금 열차에 타야."라고 소리쳤으나 이츠미는 무츠미의 허리를 꼭 잡고 매달렸다.

"나 안 가! 이츠미, 안 가. 여기 있어."

커다란 눈동자에 눈물을 담고 필사적으로 주장했다.

"마사무네랑 무츠미랑 같이 있어."

"이츠미……."

그 눈동자를 보며 무츠미는 떠올렸다.

처음 이츠미를 만났을 때를. 사가미에 불려 나가 제철소로 갔다. 돌봐주라고 해서 제5용광로에서 처음 만났다.

자신과 어딘가 닮은 소녀를.

사가미의 설명을 듣고 그녀가 가진 이름표와 사진을 통해 다른 세계에서는 자기 딸이었을 가능성을 알았다. 그래서 사가미가 자기에게 맡긴 것이다.

무츠미는 설명을 듣고도 냉정했다. 현실의 자신은 내가 아니다. 그저 단순한 일이라 생각하고 돌보면 그만이라고 생각했는데 이츠미는 무츠미를 보자마자 퉁퉁 부은 눈으로도 환한 미소를 지었다. 무츠미에게서 가까운 무언가를 느꼈을지 모른다. 그 순간 무츠미는 굳게 다짐했다.

너무 가까워지면 안 된다고.

가까워지면 틀림없이 좋아지게 된다고.

그렇게 되면 이 아이를 제철소에 가두고 살게 하는 죄책감에 자신이 망가지리라 생각했다.

무츠미가 제5용광로에 올 때마다 이즈미는 놀아달라며 주위를 뛰어다니고 일부러 볼을 이쪽으로 던졌다. 그래도 무츠미는 최소한의 일만 처리하고 무시했다.

그 태도를 보고 깨달았는지 마침내 이즈미도 무츠미에 대한 기대를 포기했다. 표정을 잃고 늘 혼자 놀기 시작했다. 말을 걸어도 대답해 주지 않으니 점점 입을 열지 않았다. 그러다가 점점 말하는 행위 자체를 잃었다. 무츠미는 이거면 됐다고 생각했다.

좋아하면 안 되니까.

몇 년이 지났을까, 싶던 그때. 이즈미가 재채기를 했다.

겨울이지만 추위라는 걸 그리 느낄 수 없는 세계라 이즈미도 마찬가지이리라 생각했다. 실제로 이즈미는 감기 걸린 적이 한 번도 없었다.

하지만 현실에서 온 소녀가 이 세계의 기온을 어떻게 느낄까. 확인해 본 적은 없으나 혹시 하고 생각하기는 했다.

무츠미는 익숙하지 않은 뜨개바늘을 이용해 간신히 카디건을 짜서 제철소로 가져갔다. 그리고 일부러 별것도 아니라는 듯 이즈미에게 던져줬다.

이츠미는 카디건을 받아 들고 환한 미소를 지었다. 처음으로 만났을 때처럼……

"이제 '무츠미' 할 수 있어?"

무츠미는 이츠미와 지낸 시간을 돌아보며 이츠미의 머리를 살며시 쓰다듬었다. 그리고 눈물로 얼룩져 눈부신 눈으로 말했다.

"같이 있을게. 이츠미. 같이 가자."

놀라서 고개를 든 사람은 마사무네였다.

"잠깐?! 같이 가면 너는 사라져……"

현실에 오랫동안 있었던 두 사람의 몸은 투명해져 건너편 밤의 흔들리는 나무들이 얼핏 보였다.

"이 세계에 남아도 어차피 시간문제잖아."

"하지만!"

그때 열차가 움직이기 시작했다. 아무 이상이 없었으므로 운전을 재개한 것이리라. 무츠미가 연결부에 먼저 타고 이츠미에게 손을 내밀었다.

"가자, 먼저 타."

결의가 담긴 무츠미의 눈동자에 제압된 듯 이츠미가 얼른 손을 내밀었다.

무츠미에게 이끌려 연결부에 올라타는 이츠미를 보며 마사무네는 황급히 소리쳤다. "나도 갈래!" 되는대로 달리기 시작하는데 열차가 갑자기 속도를 올리기 시작했다.

"무츠미. 나도 갈래. 안 돼, 나……."

마사무네는 손을 힘껏 뻗어 연결부의 난간을 잡으려 했다.

그러나 무츠미는 난간을 향해 힘껏 뻗은 마사무네의 손을 잡아주지 않았다. 오히려 난간에 걸린 마사무네의 손가락을 하나씩 떼어내려 했다.

"무츠미, 왜?"

무츠미는 조용히 마사무네를 바라봤다.

"안 돼. 나 이렇게 헤어지긴 싫어. 나, 싫어!"

마사무네는 달렸다. 열차는 점점 빨라졌다. 그래도 달리고 또 달렸다.

"나 너희를 만나서……."

데굴데굴. 그 자리에 구른다. 사라지는 열차를 향해 눈물지으며 소리쳤다.

"정말, 즐거웠어!!"

마사무네의 소중한 존재, 무츠미와 이츠미의 모습이 점점 멀어져갔다. 일어나지도 못한 채 눈물을 삼키고 있는데 하늘이 문득 어두워졌다.

"아……."

균열이 바람을 타고 이동하고 있다.

뒤에서 자동차 엔진 소리가 다가왔다.

"마사무네!"

퍼뜩 정신을 차리고 마사무네가 돌아보니 경차를 탄 사사쿠라 일행이 다리 아래에 와 있었다.

"오봉 축제 불꽃놀이. 이쪽에서는 신성한 늑대가 안 보이나보네."

현실을 달리는 열차 연결부에서, 이츠미와 무츠미는 마을을화려하게 수놓는 반짝이는 불꽃놀이를 내려다보고 있었다.

오뚝한 콧날이 도드라진 무츠미의 옆얼굴은 완전히 투명해져등 뒤로 쏘아 올려지는 불꽃이 눈과 입술과 겹치며 터졌다.

이츠미는 그 모습을 발견하고 공포에 사로잡혀 몸을 내밀며소리쳤다. "내려! 무츠미도 내려!"

필사적으로 호소하는 이츠미의 눈빛에 무츠미는 쓸쓸한 미소를 지으며 가볍게 눈길을 떨궜다. 그리고 발밑에 있는 무언가를발견하고 그대로 주저앉았다. 무츠미가 주운 것을 들여다본 이츠미의 눈이 커졌다.

"이거 알아."

떨어져 있던 물건은 현실의 마사무네가 사서 생면부지의 아이에게 건넨 박하파이프였다. 엄마에게 "그냥 거기 아무 데나 놔"라는 말을 들은 아이는 막대를 기념 열차 연결부에 놓아둔 것이다.

"박하파이프야. 나 이거 좋아했었어. 그랬나? 현실에서는 오봉 축제였구나."

무츠미는 화려한 색깔의 박하파이프를 이츠미에게 내밀었다.

"오봉 축제는 재밌어. 유카타 입고 춤도 추고 포장마차도 엄청 많아. 불꽃이 오르고 아주 즐거워. 하지만 내가 있는 곳은 계속 겨울이라 오봉은 영원히 오지 않아."

무츠미는 박하파이프를 든 이츠미에게 부드럽게 말을 걸었다. 그 미소 끝에는 어렴풋하게 불꽃이 빛나고 있다.

"있잖아. 이츠미. 저 터널 끝에는 오봉뿐만 아니라 여러 일들이 기다리고 있어. 재밌고 괴롭고 슬프고……. 강하고 격렬하게 마음이 움직이는 일들."

"……!"

"친구가 생길 거야. 꿈도 생길 거고. 가끔은 좌절할지도 몰라. 그래도 우울한 나날을 지내고 나면 또 새로운 꿈을 찾을지 몰라."

무츠미의 가슴 부분에서 불꽃이 격렬하게 퍼진다.

"좋겠다. 나는 절대 가질 수 없는 것들이야."

"아!"

"그러니까 딱 하나만 나한테 줘."

"봐." 무츠미의 말에 밑을 봤다.

"마사무네가 보여."

사사쿠라가 운전하는 경차가 아래 국도를 열차와 나란히 달리고 있었다. 닛타와 하라, 야스미도 함께 소리를 지르며 타고 있다. 마사무네는 창문을 열고 이쪽을 걱정스럽게 올려다보고 있었다.

무츠미는 강력한 눈빛으로 이츠미를 보며 당당하게 말했다.

"마사무네의 마음은 내가 가질게."

"어?"

"미래는 네 거야. 하지만 마사무네의 마음은 내 거야."

"!!"

이츠미는 너무나 강렬한 이야기에 할 말을 잃었다. 화 때문인지, 분해선지는 모르겠으나 손가락 끝과 입술이 멋대로 부들부들 떨리더니 멈추지 않았다.

"내가 현실 속에서 사라진다고 해도 이 세계가 끝나는 마지막 순간에 마사무네가 생각하는 건 나야."

"아니야!"

이츠미는 자기 귀를 양손으로 막았다. 고개를 휙휙 저으며 온몸으로 거부를 표시한다. 그래도 무츠미는 말을 멈추지 않았다.

"나도 마지막 순간에 마사무네를 생각할 거야."

"아니야, 아니야!"

"마사무네는 날 좋아해. 나도 마사무네를 좋아하고."

"난 왕따야!"

"그래. 하지만."

무츠미는 거의 투명해진 손으로 박하파이프와 함께 이츠미의 손을 감싸듯 쥐었다. 조금 전까지 내뱉은 강한 말과는 달리 애정을 가득 담은 눈빛으로 말했다.

"언제 어떤 순간에도 이츠미를 생각하는 사람들이 저 앞에서 너를 기다리고 있어."

"……!"

이츠미는 오랫동안 꼼짝도 하지 못했다. 흐려져 가는 무츠미의 손이 내뿜는 온도를 느꼈을지 모른다.

그리고 뭔가 결심한 듯 쓰고 있던 베일을 벗었다.

"이츠미?"

그리고 도전하듯 무츠미를 노려보면서 그 눈동자에 굵은 눈물을 흘리며 베일을 무츠미의 머리카락에 꽂았다.

"너무 싫어."

참지 못하고 흘러나온 눈물이 보이지 않도록 무츠미에게 와락 안겼다.

"너무 싫어. 그러니까 같이 안 가."

"응?!"

"너무 싫어!"

이츠미는 무츠미를 꼭 안고 있었다.

이츠미는 사실 훨씬 전부터 이렇게 무츠미를 안고 싶었다. 응석을 부리고 싶었다. 그건 무츠미도 마찬가지였다. 사실은 이렇게 이츠미를 온전히 받아들이고 싶었다.

"응."

무츠미는 눈물지으며 이츠미를 꼭 안았다. 서로의 심장 소리가 전해지고 서로의 생명을 느끼던 순간이었다.

"신성한 늑대가 떼로 몰려와!"

"터널에 거의 다 왔어."

고가 밑에서 열차를 쫓으면서 경차가 달리고 있었다. 열차를 올려다본 마사무네는 눈을 동그랗게 떴다.

"무츠미?!"

열차 연결 부분에서 머리에 베일을 쓴 무츠미가 서 있었다. 몸을 내밀고 뛰어내릴 타이밍을 재고 있는 듯하다. 이츠미는 그 뒤에서 물끄러미 웃으며 무츠미를 바라보고 있다.

"바보야! 저 녀석, 무슨 짓이야!"

"사, 사사쿠라! 더 속도를 올려!"

"기다려! 말도 안 돼. 지금도 한계……"

그 순간 신성한 늑대에 의해 거의 막힌 현실에서, 마치 하늘에서 기관총을 쏘는 듯 격렬하게 불꽃이 일었다.

그와 동시에 무츠미는 두 팔을 벌리고 하늘로 뛰어들었다.

"무츠미?!"

마치 베일이 날개라도 되는 양 아름답게 펼쳐졌다. 하늘에 핀 커다란 꽃에 뛰어드는 나비 같았다.

이 모습을 지켜보던 이츠미는 눈이 부신 듯 눈을 가늘게 떴다.

"사사쿠라, 멈춰!!"

사사쿠라가 서둘러 경차를 급정거하자 마사무네가 뛰어내렸다.

무츠미는 풀이 우거진 경사면에 떨어져 정신없이 아래로 굴러떨어졌다. 마사무네는 그런 무츠미를 받아 안으려다가 무츠미와 격렬하게 충돌해 둘이 함께 풀숲으로 굴러떨어졌다.

"으악!"

둘은 완전히 뒤엉켜 멈췄다. 풀숲을 구르는 마사무네의 몸 위에 넘어진 무츠미는 머리를 누르면서 목소리를 흘렸다.

"아파……."

"뭐 하는 거야? 피 나잖아!"

무츠미는 마사무네의 목소리에 퍼뜩 놀라 자기 손을 봤다. 손바닥에는 붉은 피가 잔뜩 묻어 있었다. 새빨간 생명의 색깔이다.

"있잖아! 마사무네. 굉장해."

무츠미는 마사무네의 손을 꽉 잡고 이마의 상처를 막았다. 그리고 평소의 이츠미처럼 반짝반짝 흥분한 눈빛으로 외쳤다.

"진짜로, 아파!"

"아……."

"마사무네가 있으니까 내 세포 하나하나가 살아 있다는 걸 느껴. 이 세상이 오늘 끝나도 상관없어."

무츠미는 마사무네의 손에 이마를 비비며 너무나 천진한 미소를 지었다.

"남은 시간이 얼마든 상관없어. 나는 지금, 살아 있어!!"

"무츠미……."

그때 두 사람이 고개를 들었다.

"신성한 늑대다!"

신성한 늑대가 열차를 쫓아가는 게 보였다. 아니 추월하려 하고 있다. 열차보다 먼저 터널 앞에 난 현실로의 균열을 메우기 위해서다.

이츠미는 연결부에 서서 바람을 맞으면서 멍하니 이쪽을 돌아보고 있었다.

"무츠미."

이츠미는 신성한 늑대가 쫓아오는 게 보였으나 그건 개의치 않았다. 눈길 끝에 풀숲에 있는 마사무네와 무츠미가 점점 멀어져 간다. 그 사실을 보며 생기는 감정이 그녀를 온통 지배하고 있었다.

"마사무네, 무츠미, 마사무네."

이츠미의 뺨에 눈물 한줄기가 주르륵 흘렀다.

신성한 늑대가 이츠미의 눈앞으로 육박해 왔다. 열차와 함께 이츠미를 잡으려는 순간이었다.

"……!!"

이츠미는 결의하고 몸을 앞으로 돌렸다.

신성한 늑대가 격렬한 소리를 내며 열차를 빠져나갔다. 이츠미의 머리카락이 바람의 압력에 크게 흔들렸다. 열차를 통과한 신성한 늑대는 터널 바로 앞에 생긴 무수한 균열을 복원하려 한다.

풀밭에서 올려다보고 있던 마사무네와 무츠미는 저도 모르게 소리를 질러댔다.

"안 돼! 균열이 사라져!"

"이츠미, 가! 얼른 가!!"

두 사람의 기도 속에서 이츠미는 앞만을 응시했다.

신성한 늑대가 지금, 복원하고 있는 균열 속으로 열차가 돌입했다.

쿠우우우웅!

격렬하게 몰려드는 바람과 함께 열차가 터널에 빨려 들어감과 동시에 신성한 늑대도 확 흩어졌다.

마침내 그 자리에는 정적이 찾아왔다.

"아!"

"간 건가?"

마사무네와 무츠미는 서로의 얼굴을 보며 웃기 시작했다.

"아하하하하하하!!"

한바탕 웃고 나니 침묵이 찾아왔다.

다정하게 마주 보던 두 사람의 얼굴이 조용히 다가가는데 무츠미는 마사무네의 코를 살짝 깨물고 "아파?"라고 묻더니 또 깔깔대고 웃었다.

그때 사사쿠라 일행도 달려왔다.

"둘이 짜증 나게 꽁냥거리지 마!"

미후세 여기저기에서 환호성이 일었다.

제철소에서는 토키무네가 동료들과 하이터치 하며.

힘없이 쓰러진 사가미의 뺨에는 눈물이 흘렀다.

학교에서는 미사토와 어른들이 축배라 칭하며 남은 맥주를 들이켰다.

소지는 쓰러진 열차 옆에서 하늘을 올려다보고 있었다.

신성한 늑대에 의해 균열은 일단 메워졌다. 다만 그것뿐이었다.

그래도 모두 어딘가 마음이 들떴다. 이제까지 무슨 일이 있었는지, 앞으로 무슨 일이 벌어질지, 그런 것과는 상관없이.

그저 살아 있다는 실감을, 느꼈다.

그런 순간을 환상의 세계에서 느낀 것은, 모두 처음이었다.

마사무네는 한껏 들떠 무츠미와 친구들과 떠들썩하게 떠들면서도 문득 생각했다.

현실로 돌아간 이츠미는 어떤 인생을 보낼까.

그리고 빌었다. 우리가 볼 수 없는 것, 만질 수 없는 것, 맡을 수 없는 것, 느낄 수 없는 것들을 모두 만나고 모두 손에 넣기를.

사라져가는 우리를 대신해 달라는 게 절대 아니다.

그저 이츠미가 이츠미로 살기를, 마사무네는 기꺼이 바랄 뿐이다.

닫혀버린 색이 없는 환상의 세계에서 이츠미는 생명 자체였다. 이츠미가 그 강렬한 빛으로 색을 되살려 준 세계에서 우리는 살아간다.

끝나가는 미후세에서, 불과 한순간의 생명이라 할지라도…….

이츠미에 지지 않고, 살아간다.

무츠미가 문득 고개를 들었다.

"들려?"

"뭐가?"

"소리가 들려……. 갓 태어난 아기 소리 같아."

그 목소리는 터널 안에서 들려왔다.

덜컹덜컹 나아가는 열차 위에서 이츠미는 너무나 괴로워 떨리는 목소리를 내고 있었다.

"아파…… 아파, 아파…… 아파…….'

아프다는 건 고통이 아니었다. 함께 있고 싶다는 아픔이었다.

이렇게, 이렇게 아픈데 이츠미는 가야 한다.

"아파……. 아아아앗…….'

어린애처럼 굵은 눈물을 뚝뚝 흘리며 그래도 눈을 부릅뜨고 이 고통을 모두 음미하려는 듯 이츠미는 울부짖었다.

"아아아아아!!"

절규와 함께 열차는 터널을 돌진했다.

산사태가 일어났던 장소 너머에는 푸른 기운이 가득했다.

열차는 그 푸르름을 향해 속도를 높였다. 터널을 벗어난 순간, 눈앞에 나타난 풍경은 조용한 바다, 수면에 달빛이 조용히 흔들리고 있었다. 멀리, 미후세 쪽에서 아주 어렴풋하게, 어렴풋이 불꽃놀이 소리가 울렸다.

이츠미가, 사키로 돌아온 순간이었다.

– | –

역에 내려서자, 바다 냄새가 코를 찔렀다.

압도적인 빛을 받아 낡고 손질도 제대로 안 된 지붕의 기와. 아스팔트의 요철도 그대로인데 어딘가 청결한 느낌이 들었다. 사키는 이런 경치는 거의 본 적 없었다.

썰렁한 사거리에서 차가 한 대도 없는 택시 정류장까지 걸을 때 사키의 스마트폰이 울렸다.

"여보세요? 응. 미후세, 도착했어. 아무도 없어서 잤어. 응, 알

아. 아빠는 맨날 걱정이야, 괜찮다니까. 택시 왔다. 엄마에게 안부 전해줘. 안녕."

사키는 스마트폰을 끊고 녹슨 택시에 올라탔다.

"제철소로 가 주세요."

늙은 운전사는 가볍게 고개를 끄덕이고 조용히 차를 출발시켰다.

"제철소 가는 손님은 오랜만이네요. 예전에는 폐허 애호가들이 구경하러 몰려왔었는데. 이젠 그마저도 다 헐렸으니까요. 아, 이거."

운전사는 앞을 보고 있는 사키에게 상당히 커다란 사탕을 건넸다.

"아, 감사합니다."

사탕을 입 안에 던져 넣었다. 클 뿐만 아니라 단단해 입 안에서 녹이는 데 시간이 걸렸다.

"계속 저대로 두는 것도 기분 나쁘다니까요? 예전에 저기서 누가 사라지는 일도 있었대요. 뭐, 그냥 소문이죠, 소문."

"그렇군요."

사키는 운전사의 말에 적당히 맞장구쳤다.

제철소 안은 텅 비어 로프가 둘러 있지 않았다면 어디가 어딘지 알 수 없었다. 사키는 바람에 흔들리는 풀들의 물결 속을 걷는데 출입 금지 구역이 나왔다.

제철소 대부분이 철거된 가운데 녹음에 침식당한 채 조용히 자리 잡은 제5용광로.

사키가 이곳에 오는 것을, 아버지 마사무네는 반대했다. 그러나 어머니 무츠미는 갔다 오라고 허락했고 결국은 마사무네도 뜻을 꺾었다.

사키는 이 자리에서 살았다. 그 무렵의 기억은 거의 흐려져 없어졌다.

「어릴 때 행방불명된 소녀가 10년 만에 돌아왔다.」

그 충격적인 사건에 당시는 세간이 떠들썩해졌는데 잡지와 인터넷 등에는 억측이 난무했다. 아이를 가진 부모에게는 끔찍할 정도로 혐오감을 일으킬 이야기들이 말이다. 눈물을 자극하는 이야기도 있었고 동물에게 키워졌다는 주장도 있었다.

사키는 사라진 기간에 있었던 일을 어른들에게 말했다.

제철소에서 살았고 어머니와 같은 이름의 소녀가 키워줬고 아버지와 같은 이름의 소년과 사이좋게 지냈다고. 혼란스러워 그런다고들 했다. 무엇보다 지난 10년, 이곳 제철소는 출입 금지였다. 살 수가 없었다는 것이다.

경찰은 계속 조사하려 했으나 무츠미가 그만해 달라고 했다.

무사히 돌아왔으면 되는 거 아니냐며.

물론 더는 괜한 억측을 낳고 싶지 않다는 이유가 컸을 것이다. 사키를 최대한 빨리 평범한 생활로 돌려놓고 싶은 마음이 강했다. 그러나 더 큰 이유가 있었다.

"틀림없이 사키는 사랑받았다고 생각해."

사키는 말로는 잘 표현하지 못했으나 지식과 풍요로운 마음이 있었고 무엇보다 그 천진한 미소를 보면 충분한 사랑을 받았다고 추측할 수 있었다.

그래서 곧 성인이 될 사키가 이곳에 혼자 오고 싶다는 말을 꺼냈을 때 믿고 허락해 줬다고 생각한다.

쿵, 제5용광로 안으로 발을 내밀었다.

이츠미가 살았을 때의 흔적은 당연히 없었다. 어딘가 신전 같은 정적이 감도는 가운데 썩은 지붕을 통해 빛이 성대하게 들어왔다.

먼지가 햇살에 반짝였다. 아버지를 닮아 그림 그리기를 좋아하는 사키는 봄부터 미대에 다니고 있다. 날마다 흐려지고 있는 이곳에서 산 기억을 그림으로 남기고 싶어 이곳을 찾은 것이다.

먼지를 가볍게 털고 턱에 걸터앉아 가방에서 그림 도구를 꺼냈다.

벽과 창문에는 방문한 사람들이 쓴 낙서가 있었다. 고마워. 잊지 않을게요…… 등등. 제철소에 남긴 메시지이다. 스프레이로 쓴 것도 있고 쌓인 먼지에 손가락으로 쓴 낙서도 있었다. 사키는 멀거니 보고 있다가 눈을 부릅떴다.

"아!"

조용히 빛이 깃든 곳에 쏙 떠오른 낙서가 있었다.

뭔가로 긁은 듯한 터치의, 기대어 있는 두 소녀를 그린 그림이었다. 온화한 표정의 소녀는 무츠미와 이츠미였다.

이 그림은 누가 그렸을까?

사키에게서 이야기를 들은 아버지, 현실의 마사무네가 그린 걸까? 아니면.

"후."

사키는 가볍게 숨을 내쉬고 고개를 들었다. 그 얼굴에는 그때처럼 천진하면서도 한없이 환한 미소가 떠올라 있었다.

이곳은, 사키가, 처음으로 실연한 장소였다.

-끝-

마보로시 Maboroshi

2024년 2월 21일 1판 1쇄 인쇄 | 2024년 2월 28일 1판 1쇄 발행

지은이 오카다 마리 | 옮긴이 민경욱 | 발행인 황민호
콘텐츠4사업본부장 박정훈 | 편집기획 강경양 김사라 이예린 | 디자인 All design group
마케팅 조안나 이유진 이나경 | 국제판권 이주은 김준혜 | 제작 최택순 성시원 진용범
발행처 대원씨아이(주) | 주소 서울특별시 용산구 한강로 3가 40-456
전화 (02)2071-2018 | 팩스 (02)749-2105 | 등록 제3-563호 | 등록일자 1992년 5월 11일

www.dwci.co.kr

ISBN 979-11-7203-429-0 (03830)